幽霊を創出したのは誰か？

Who Created the Ghost?

森 博嗣

講談社
タイガ

[カバー写真]
Jeanloup Sieff

[カバーデザイン]
鈴木成一デザイン室

目次

Who Created the Ghost?

by

MORI Hiroshi

2020

幽霊を創出したのは誰か？

怖い夢を見たんだ。

ああわかってる。

どんな夢か話したほうがいい？

話したいのならね。

ねじを巻いたら羽をパタパタさせて歩くおもちゃのペンギンの夢なんだ。昔ぼくたちが住んでた家で誰もねじを巻いてないのにそのペンギンが角を曲がってこっちへやってきてすごく怖かったんだ。

そうか。

夢の中だともっと怖かったんだよ。

わかってる。ものすごく怖い夢ってあるよ。

なんでそんな怖い夢を見たんだと思う？

（The Road／Cormac McCarthy）

登場人物

グアト ---------------------------------- 楽器職人
ロジ -- 技師
ビーヤ -- 大家
イェオリ -------------------------------------- 作家
ロベルト -------------------------------------- 幽霊
リンダ --- 幽霊
ブラウア -------------------------------------- 警官
ヴィリ --- 貴族
オーロラ ---------------------------------- 人工知能
ボブ -- 運転手
マルコ ------------------------------------- 浮浪者
ズザンナ ----------------------------------- 浮浪者
ピータ -------------------------------------- 案内人

プロローグ

大家の家で紅茶をご馳走《ちそう》になったとき、僕たちは初めて〈城跡の亡霊〉の話を聞いた。

「あら、知らないの?」ビーヤは高い声を上げた。僕たちが住んでいる家の持ち主だ。「この辺りの人なら、誰でも知っていると思うわ。あ、でも、わざわざ話したりはしないのかしら。他所《よそ》からいらっしゃった人を驚かすなんて、ちょっとはしたないことですからね」

はしたないかどうかは知らないが、僕たちは、近所の人と見なされる人物と、ほとんど話をしたことがないのだから、伝わらないのは当然かもしれない。一番話す確率が高いのは、なんといってもビーヤ自身だろう。その彼女がこれまで話さなかったのは、はしたないと我慢したからだろうか。

今まで黙って話を聞いていたイエオリが、ふと呟《つぶや》いた。

「だいぶまえになるが、それを記事に書いたんだよ。それで、しばらく観光客が絶えなかった」

イエオリは、ビーヤの夫である。彼はノンフィクション専門の作家らしいが、残念ながら、僕は彼の書いたものを読んだことが一度もない。どういったメディアで発表しているのだろうか。それを質問しないといけないものか、といつも迷う。

どんな記事を書いたのか、いつ頃のことなのか、という説明があると思ったが、イエオリは、その後また黙ってしまった。ビーヤは、無口な夫に対して溜息《ためいき》をついたあと、自ら説明を始めた。

「もうずいぶん以前からのことなんですよ。私がまだ若いときに、ええ、そんな話を初めて聞きました。あの遺跡がある丘なの、むこう……」彼女は指差した。「ええ、川を越えて、あちら側だから、だいたい西になるかしら。お城があったんです。今はありませんよ。でも、大きな石が幾つか残っていて、子供たちがそこでかくれんぼをしたり、鬼ごっこをしたりする場所なんです。あそこで、ときどき幽霊が出るのよ。だから、暗くなったら、帰っていらっしゃいって……」

「幽霊というのは、具体的にどんなものですか?」僕は質問をした。あまり興味のある話ではなかったけれど、礼儀として質問を挟んだだけだ。

「私は、見たことがないから、知りませんけれどね」ビーヤは口を歪《ゆが》ませて、震えるように首をふった。「男の幽霊と女の幽霊がいるらしくて、二人は、もとは恋人どうしだったけれど、幽霊になった今は、お互いの姿を見ることができないの」

どうやって幽霊になったのだろう。また、お互いの姿が見えないとは、つまり第三者にも姿が見えないということになるのか。非常にわかりにくい話である。

「その話を、誰かが幽霊から聞いた、ということですか?」疑問点を僕は尋《たず》ねた。順当な疑問だろう。「お互いの姿が見えないと、幽霊が人間に語ったのでしょうか? そのシチュエーションが、ちょっと想像しにくいような気がします」

「姿が見えないだけで、声は聞こえるとか?」ロジが言った。僕の顔を見て、少し笑ったみたいだ。この手の非科学的な話題に対して、ロジは一貫して軽蔑《けいべつ》するような態度を取る。強くではないものの、鼻から小さく息を漏《も》らす程度の、いわば小馬鹿《こばか》にするような仕《し》草《ぐさ》を見せることも多い。この点では、もしかしたら僕も同じかもしれない。僕は、その種の話を聞くだけで自分の時間が無駄になった、と感じる人間だ。顔には出さないようにしているつもりだけれど、自制のストレスで普段よりも笑っているように見えるだろう。ただ、ビーヤに対して、そんな態度を取るのはマナー違反である。ここは、わきまえないといけない。

「いえ、違うの」ビーヤは首をふった。「声もお互いに聞こえないのよ。触れ合うこともできない。お互い存在を確かめ合うことができない、というの」

「だったら、自分一人しかいない、と認識しているのですね、その幽霊たちは」ロジが話を合わせる。「でも……、人々は二人の幽霊を見て、驚くわけですね。その様子を見たら、幽霊たちは不思議に思うはずです。もしかして、自分のほかにも幽霊がいるのではないかと」

僕は黙って聞いていた。ロジが珍しく説明口調で話したことが、一種のユーモアとして、僕を笑わせる作用を発揮した。だが、なんとか、笑わずに堪えた。

「幽霊がどう思っているのかなんて、私にはわからないわ」ビーヤは口を尖《とが》らせて、肩を竦《すく》めた。それから、夫の方へ視線を向けた。

「説明が足りないようだ」イェオリが、片手を顔の横で振ってから話し始めた。「誰が作った話か知らないが、幽霊以前の物語があるんだよ。つまりね、百年と数十年かな、とにかく、ずいぶん昔に、あそこでカップルが自殺をしたかもしれない、と噂《うわさ》された。その二人が、幽霊になったんだ。二人は、お互いの家から結婚を反対されていた。会うこともままならなかった。ようやく家を抜け出して、あの城跡まで逃げてきたんだ」

それを、いったい誰が見ていたのか、と僕は思ったが、話の腰を折るものではない。黙って聞くことにした。

「男の方は、貴族の家の御曹司《おんぞうし》で、原子力発電の技師でもあった。名前はロベルト。女の方は、両親とも教師の家庭に生まれた一人娘で、リンダといった。両家が対立していたのは、財界の保守派と市民運動のリベラルでもあったためらしい。いろいろな証言があってね、かなりの数の記録が残されている。二人は幼《おさな》なじみで、小学校の同級生だったようだ。それが、結婚を前提としたつき合いになり、両家の対立もあって、またいろいろな関係者が口を出したことから複雑化した。うん、まあ、ようするに感情的なものが、絡《から》み合ってしまったんだ」

「なんか、急に具体的な話になりましたね。幽霊にしておくのが、もったいないくらいです」僕は、イエオリに微笑《ほほえ》んだ。「それで、結局、その二人は本当に自殺してしまったのですか？」

「いや、そのまえに、ちょっとした話がある」イエオリは口を斜めにして、僕を三秒間ほど見つめた。もったいぶっているのか、それとも古い記憶を思い出そうとしているのだろう。「あの城跡で会うたびに、二人は神様と話をした、というのです。二人で心中《しんじゅう》しよう、と考えていたところ、神様が、そんなことをしてはいけない、と忠告したとか」

「それを、いったい誰に話したのでしょうね」僕は言った。「二人のうちのどちらかが、誰かに話さないかぎり、そんなことは……」

「村の教会の神父にリンダが話したそうです」イエオリは答える。「それに、二人は日記を書いていたので、のちにそれらの話が伝わった」

「神父さんは、人間ですか？」僕は尋ねた。最近では、コンピュータが務めることが多い。個人情報を漏らすとしたら、人間だろうか。「いえ、失礼しました。話の続きをお願いします」

「二人が心中したら、永遠に二人は会えなくなる。天国にはいけない。この世に魂は残され、永遠に彷徨《さまよ》うことになるだろう。しかも、お互いが近くにいても、見ることはできず、声を聞くこともできない。神様は、そう忠告したということです」

「それはまた、意地悪ですね」僕は言った。

「自らの命を絶つことを戒《いまし》めた、ということですね」ロジがそう言って微笑んだ。なかなかの演技力である。さすが情報局員だ。

「結局、二人は行方不明になったまま、見つからなかった。橋から飛び下りるところを見た、という目撃者もいたため、捜索が行われたが、なにも発見できなかった。つまり、あの城跡で自殺をしたわけではなかったんだね」イェオリが言った。「それなのに、今では、多くの人たちが、あそこで二人が死んだと信じている。あの場所に幽霊が出るのはそのためだ、という話になった」

「幽霊とは、具体的にどんなものですか?」僕は尋ねた。とりあえず、これが究極の疑問といえるだろう。

「さあ、幽霊を具体的に説明できるだろうか」イェオリは笑った。「見たという人は、後を絶たない。ぼんやりとした、光のようなものだとか、白い服を着ていたとか、髪の長い女性と、背の高い男性だとか、話はいろいろだが、撮影された映像はあっても、当然ながら証拠となるほどのものではない。ほんの一部だけ、そういった類《たぐい》のものが出回ったこともあったが、調べてみると、すべて偽物だった」

「最初はね、きっと、あの場所へ行くと祟《たた》られる、という具合だったのよ」ビーヤが話した。「それが、今では、まったく逆なの。反対なの。カップルであの城跡へ行くと、幸せになれる、という具合。びっくりでしょう？　どうしてひっくり返っちゃったんでしょうね。あなたたちも、一度行ってきたら？」

思わず、僕とロジは眼差《まなざ》しを交《か》わした。城跡があるのは知っている。よく通る道路に、案内の矢印が立っているからだ。しかし、賑《にぎ》わっている様子もなく、観光地というほどの存在でもない。人家からはずいぶん離れているうえ、高い丘の上にあるらしい。そこまで登っていく気に、僕はならない。それができるのは、よほど元気が有り余った若者だろう。そういう若者だったら、その元気だけで幸せになれるのではないか、と僕は思った。

その話は、それでお終《しま》い。そのあとは、ビーヤが編みものやパッチワークの話を始めた。そういうサークルに入って、バザーに出品するために毎日作業をしている、という。見せてもらえるのかと思ったら、もう少しできてから、ということだった。忘れないようにして、後日、できましたか、と尋ねないといけなくなった。こういうことを忘れないように、記憶してくれるアシスタントを、メガネに装備した方が良いかもしれない。ただ、隣へ行くのにメガネをかけるのも、やや億劫《おっくう》ではある。きっと、ロジが覚えていてくれるだろう。

大家の家を辞去して、自宅に戻った。十メートルほどしか離れていない。玄関のドアを開けて中に入るなり、ロジが顔を近づけた。

「城跡に行ってみましょうか」

「え？」僕は、彼女の言葉に驚いた。「どうして？」

「行ってきましたって、話せるじゃないですか」

「行かなくても、話せると思うけれど」

「ピクニックって、したことがありません」

「私もないよ。もしかして、したいの？」

「うーん」ロジは唸《うな》った。「そうですね。少し」

「あそう……」

驚いたのは、ロジがそんな提案をしたことだ。家から出ることは危険だ、と彼女なら言いそうなものだし、これまでは、ほぼ百パーセントそうだった。なにか心境の変化があったのだろうか、と僕は考え込んでしまった。

「行きたくありませんか？」ロジがきいた。

「いや、そんなことはないよ。うん、行こう」

ということで、行くことになった。その日はもう夕方も近かったので諦《あきら》め、翌日の午前中に出かけることにした。暇人の行動だな、と自己評価したけれど、暇人であることは、明らかに正しい観察といえる。

天気が良かったので、ロジのオープンカーで出かけた。といっても、自宅から五キロメートルほどの場所である。歩いていけないこともないが、その場合、少なくとも僕には、かなりの覚悟が必要だ。クルマで、城跡のすぐ近くまで行けるらしい。

いつも通る道で、いつも見ている案内板の方向へ左折した。ここからは、初めての道だ。幅の細い道路で森の中を抜けて登っていく。やがて、樹木のない草原のような場所に出た。小高い丘が前方に見え、ロジが、あそこですね、と指差した。

青空と暖かい日差しの下、緑の草原を真《ま》っ直《す》ぐに進む道路には、僕たちしかいないみたいだった。歩いている人もいなければ、前後にクルマもない。観光的な施設として機能していないことは明らかである。

柵《さく》もなく、どこからどこまでが公園なのか、わからなかった。道は駐車場で行き止まりになり、〈シュロスウィネン・パーク〉という立て札が端に慎《つつ》ましく立っていた。それ以外には、駐車場の舗装と縁石を除けば、人工物は見える範囲にはなさそうだ。もちろん、ロジのクルマが、今日の一番乗りだろう。

「寂しいところだね」思わず、僕は呟いた。

「時間がちょっと早かったのかもしれませんね」

午前九時である。太陽はもう、高いところまで上っていた。眩《まぶ》しいので、見上げることができないほど、空気は澄んでいる。ロジが空を見上げたのは、ドローンでも飛んでいないか、と確かめたのかもしれない。地面は膝丈くらいの草原で、ところどころに樹木がある。これは、管理されたものか、あるいは人工樹かもしれない。

高い丘が前方に見えるが、ただ高いというだけの特徴しかなく、角度のせいかもしれないが、そこになにかがある、というようには見えなかった。ただ、地面が盛り上がっているだけだ。

そちらの方へ歩くと、矢印の看板が立っていた。そこから、道が草原を分けて続いている。かなり先だが、道の途中から色が白くなっている。どうやら、石段のようだ。丘は、五十メートルくらいの高低差があるだろうか。ピラミッドよりはずっと傾斜が緩《ゆる》やかなので、ゆっくりと歩けば大丈夫だろう、と僕は想像した。

ところが、途中で息が切れた。

大きく呼吸をして立ち止まると、ロジが振り返った。

「どうしたんですか?」

「いや、なんでもない。ちょっとさ、空気が薄くない?」僕は冗談を言った。

「そんな標高ではありません」ロジが真正面から答える。

ちょうど、脇道《わきみち》へ分岐する地点だった。左へ逸《そ》れる道は、この丘を迂回《うかい》するようにカーブしていた。目的地は真っ直ぐ先で、もうすぐ石段になる。

僕は振り返って、既に小さくなっているロジのクルマを見た。駐車場には、相変わらず一台しかない。そのむこうには、黒っぽい森があって、左右に長く広がっている。さらにそのむこうに、塔のような高い建造物が見えた。村の建物だ。

「上まで行ったら、もっと眺望が楽しめますよ」ロジが言った。

「ドローンで調査するべきだった」僕は言った。

「調査にきたわけではありません」彼女は手を伸ばす。「さあ、行きましょう」

そのようにされたら、その手を握る以外に、僕に与えられた選択肢はない。握った彼女の手が、僕を引っ張った。どこにそんな力があるのか、と思えるほど力強い。

道は階段になった。階段の方が楽だ、ということがわかった。だったら、最初から階段にしてもらいたい。できたらエスカレータにしてもらいたかった。周りの空き地で太陽光発電をして、エネルギィを蓄積し、たまに来る物好きのカップルのために、それを放出してもらいたいものだ。

「ここは、ハンググライダができそうですね」ロジが振り返って言った。

「ああ、一回だけだけれどね」僕は応《こた》える。

「一回だけ？　どういう意味ですか？」

「一回登ったら、一回滑空できる、という意味」

「また登れば、また滑空できますよ」

「いやぁ、二度と登らないんじゃないかな、普通は」

ロジは前を向いてしまったので、顔が見えなくなったが、笑っているようだった。つないでいる手から、その振動が伝わってくる。僕のジョークが、仄《ほの》かに功を奏したようだ。

「それより、こういう場所は、UFOがやってくると決まっているんだよ」僕は話した。話をした方が呼吸が紛《まぎ》れる。「それを予感できる人たちが、夜な夜な集まって、祈りを捧《ささ》げる。そうすると、UFOが現れるんだ」

「幽霊よりは、そちらの方が、まだ少し科学的でしょうか?」ロジがきいた。

「いや、どっこいどっこいだね」

「どっこいどっこい」ロジが言葉を繰り返した。面白かったようだ。

人間というのは、力を使い切っても、呼吸をする力は残っているものだ。頂上に至ったときには、僕はそんな状態だった。地面に座り込みたかったが、幸いなことに、石のベンチがあった。なんと素敵なベンチだろう、と感じたので、そこに腰掛けた。

頂上というには、広すぎる。予想外に広かった。つまり台地のような場所なのだ。中央付近が、さらに三メートルほど高くなっていて、その上に大きな石が幾つか並んでいた。しかし、人工物には見えない。石の建造物が崩れたわけでもなさそうだ。なにをもって、これを城跡と呼んでいるのか、僕にはよくわからない。

ロジは、その説明を聞いているようだ。僕に、城があったのは、千八百年も昔だそうです、と教えてくれた。しかし、僕が思ったのは、城と呼ぶには小さすぎないか、ということである。おそらく、周囲を監視するための出城というか、つまり王様が住んでいるわけではなく、見張り役が常駐するだけの施設だったのではないか。それが木造か石造で建っていた、その基礎の跡が、おそらく発見されたということだろう。

五分ほど休憩していたが、ロジが上へ行ってしまったので、僕も腰を上げた。汗はかいていない。気温は摂氏十五度くらいだろうか。爽《さわ》やかな気候である。急な石の階段を上がって、さらに三メートル高い場所へ到達した。周囲に大きな石があるが、必ずしも並んでいるわけでもなく、大きさも不統一だった。

ロジが、それらのうちで一番大きそうな石の上に立っていた。彼女の頭が、この近辺では一番高いはずである。

「べつに、空気は薄くありませんね」ロジが周囲を見渡しながら言った。僕は、彼女を援助する精神で少しだけ笑った。

「首吊《くび》りをする場所もない」僕は呟いた。「そうか、ここで自殺したわけではなかったんだ」ロベルトとリンダがこの場所で死んだ、という間違った印象に支配されているようだ。

ロジが乗っている石にもたれかかると、彼女が僕の横に座った。脚をぶらぶらと前後に揺らしている。踵《かかと》を石にぶつけるマッサージのつもりかもしれない。

「自殺っていうのは、よくわからない行為ですよね」ロジが呟くように言った。

「宗教的なものでしょうか。あの世が、この世よりもましだ、という宗教、という意味ですけれど」

「たいていの宗教では、あの世の方がましになっているみたいだね」僕は言った。

「あの世というのは、つまりヴァーチャルみたいなものかな。昔の人は、でも、誰も行けなかった。誰一人、あの世に行けなかったんだ。それなのに、きっと良いところだと思い込んだ。そういう説教を信じていた。そこが不思議なところだよね。まあ、そう信じたいくらい、この世が辛《つら》いことばかりだったのかな」

「あの世に行ったことがない人が、どうして良いところだと説明ができたのでしょうか？どうして、そんな話を、みんなが信じたのですか？」

「神様に仕える人がいたんだね。うーん、なんていうのか、神懸《かみが》かりな人というか、スピリチュアルな人がね。ようするに、神様と通信ができる。神様じゃなくても、死んだ人とか、死んだ人の霊とかと、通信ができる能力を持った人がいたんだ」

「どうして、それをみんなが信じたのですか？」

「どうしてかな。ああ、そうそう、なにか、手品みたいなもので、奇跡を見せたんだよ。そういう不思議さを演出して、それだったら、霊と話をするくらいのことはできるかもしれない、と想像させたわけだね」

「でも、手品を見せてもらっても、できないことはできない、と考えるのが普通じゃありませんか？」

「そうかな。今だって、不思議なことは沢山《たくさん》あって、トランスファなんか、一般の人たちは、幽霊みたいなものだろうって、考えているかもしれない。ロボットやウォーカロンだって、未《いま》だに信じない人がいるかもしれない」

「信じるという状態が、どういうことかにもよりますね」ロジは言った。「信じるということが、時代によって違う意味を持っていたわけですね？」

「うん、まあ、そんなところかな……」僕は、両手を上げて、首を回した。「さてと、せっかくポテンシャル・エネルギィを稼いだところだけれど、もう帰る？」

「え、もうですか？」とロジが一瞬だけアヒルの口をしたところで、突然、叫び声が聞こえてきた。

ロジは振り返った。

声は、僕たちが来たのとは反対方向からだ。

若い女性の声ではないか、と僕は思った。

ロジが走っていき、僕は彼女のあとをついていく。大きな石を迂回したところに、段差があった。ロジはそこを軽々と飛び越え、さらに走っていく。僕は、少し自信が足りなかった。低い方の地面とは、背の高さくらいの差がある。飛び下りたら、足を痛めそうだった。僕は年寄りなのである。

ロジは十メートルほど行った先で立ち止まった。そこからは、さらに高低差があって、僕がいる位置からは、すぐ近くに地面が見えなかった。ずっと遠くに黒い森が広がっているだけで、断崖絶壁《だんがいぜっぺき》のように見えた。

幸い、右へ少し歩くと、一メートルほど下がった平たい場所があった。人工的に作られたものだろう。そこへ飛び下り、さらにもう一度ジャンプした。

ロジが振り返った。

「あそこに人が」彼女は、指差した。

彼女の近くへ行き、下の地形が見えてきた。絶壁ではないが、かなりの急斜面である。登ることも、また下りていくことも、地面に手をつかないとできないだろう。

五十メートルほど離れた低いところに、人がいることが認められた。草に埋もれているのか、上半身しか見えない。白い服に白い帽子を被《かぶ》っているようだ。女性のファッションに見える。叫んだのは、その人物だろうか。近くには、彼女しかいないようである。

その人は、こちらを見ていない。左方向を見ている。ほとんど動かなかった。じっと立ち尽くしている感じだ。

「どうしました？」ロジが大きな声で叫んだ。「大丈夫ですか？」

辺りは静まり返っているから、ロジの声は届いたはずである。だが、下の人物は動かなかった。

ロジがもう一度叫ぼうと息を吸ったとき、彼女が振り返った。周囲を見てから、やがてこちらを見上げる。ロジが手を振った。それに気づいたように見えた。ただ、表情まではわからない。

「ちょっと、見てきます」ロジは言った。「ここにいて下さい」

「私は、むこうの階段を下りて、回っていくよ。それらしい道が途中にあった」

ロジは、飛び下りて、三メートルほど下に着地した。そこだって平たいわけではなく、傾斜している。低い樹や草が繁《しげ》っていたので、それらに摑《つか》まり、躰《からだ》を地面に添わせる姿勢で下りていった。

僕が見守っていても、彼女の安全にはなんら寄与しない。僕は、城跡の周囲を迂回し、反対側へ急いだ。そこから、石段を下っていく。相変わらず、駐車場にはロジのクルマしかなかった。あの女性は、どうやってここへ来たのだろうか、と不思議に思った。コミュータを利用したのかもしれない。待たせずに、返したわけだ。

石段が終わり、急な下り坂に変わったが、すぐに、右へ入る道がある場所に至った。その道も、下っているが、真っ直ぐの道ほどの傾斜ではない。その脇道は、さらに右へ緩やかにカーブしている。思ったとおり、丘の反対側へ出られそうだ。細い道で、地面には細かい砂利が多かった。ときどき、滑《すべ》りそうになって、少々歩きにくい。気が焦るばかりで、速くは進めない。

下ばかり見て歩いていたので、十メートルほど先に、人物が立っているのに気づいて、少しびっくりしてしまった。若い男性である。道をこちらへ歩いてきたようだが、僕を見て立ち止まったのか。

さらに近づいたところで、軽く会釈をする。向こうもそれに応じた。

「あの……、連れと逸《はぐ》れてしまったようです。若い女性を見かけませんでしたか?」

ドイツ語で話しかけられた。メガネをかけていなかったが、綺麗《きれい》な発音だったので、僕にもわかった。

「丘の上にいたとき、女性の悲鳴が聞こえました」僕は英語で答えた。「城跡のむこう側、えっと、北側の下です。この道の先だと思いますけれど」

「どうも、ありがとう」ぱっと明るい顔になった。

彼は、道を引き返していく。すぐに姿が見えなくなった。草や樹が両側にあるし、道がカーブしているので見通せないためだ。

彼には悲鳴が聞こえなかったのだろうか、と不思議に思った。この道を上ってきたのなら、少しまえには、あの女性にもっと近い位置にいたのではないか。

とはいえ、僕は走る気にはなれず、自分のペースで歩いた。右手の高い場所が、城跡で、その丘を回り込むように進む。太陽は、僕の後ろにあった。しばらく歩くと、少しだけ先の風景が開け、見渡せるようになった。

人の頭らしきものが見えた。道はそちらへ続いているようだ。

城跡からは、三十メートルほど低いのではないか、と目測した。さらに近づくと、むこうが片手を挙げて振った。ロジだとわかった。ちょっとしたエクササイズになった。汗はかかなかったけれど、躰が充分に温まったといえる。

「どうしたの?」僕はロジにきいた。声が届く距離になったからだ。

「あそこから……」とロジは丘の上を指差した。「下りてきたんですけれど」

この位置からでは、城跡は見えなかった。ただ、小高い丘が迫っている。南の表側に比べて、北側は傾斜が急だ。しかし、ロジはここを下りてきたのだ。

「女の人は?」僕は尋ねる。

「それが、誰もいませんでした。呼んだのですが……」ロジは眉根《まゆね》を寄せる。

「こちらへ、男の人が歩いてこなかった?」続けて僕は尋ねた。

「いいえ」ロジは首をふる。「誰ですか? 男の人って」

ここで、少々お互いの数分間の体験について情報交換を行った。ロジは、草を掻《か》き分《わ》けて、この道まですぐに辿《たど》り着《つ》いたが、近辺には誰もいなかった。小声で呼んで探したが見つからない。上から見たときに、女性はこの道に立っていたのではないか。道ではなくても、だいたい、この辺りだったか、とロジは主張した。さらに、道を奥へ進むと、下の森の中へ通じている。そちらまでロジは探しにいって、戻ってきたところだった。

僕も、来る途中に男性に会った話をした。その人は、僕よりも前を走っていった。この道はここまで、途中に分かれ道はなかった。道を歩いたのなら、ロジに会ったはずだから、どこかで脇へ逸れて、草の中に隠れたとしか考えられない。

しかたないので、僕とロジは、道を戻ることにした。

どういう可能性が考えられるか、というのは明らかだ。男女二人が、なんらかの理由で姿を消した。もっと簡単にいえば、隠れた、ということだ。ただ、どんな目的でそんなことをしたのか、ちょっと想像ができなかった。

駐車場に戻るまで、ロジはクルマのことを心配していた。僕たちをクルマから離れさせ、その間にクルマの中を荒らされたのではないか、という疑いを持ったからだった。だが、クルマにはまったく異状はなかった。クルマが見えたところで、ロジは「良かった」と小さく呟いた。彼女には大事なクルマなのだ。珍しいものでもあるので、盗難の心配をしたらしい。しかし、クルマを持っていくには、もっと大きなクルマが必要だろう。そんな大掛かりなことをしたら、音で気づかれる。しかも、この場所で、そんな待ち伏せをするなんて、まったく考えられない。クルマを盗むなら、適した場所がほかにいくらでもあるだろう。

「そういうことを想定して、発信器は仕掛けてありましたけれど」クルマに乗り込んだとき、ロジは僕に打ち明けた。

「で、あの二人のことは、情報局員として、どう結論づける？」助手席で僕はきいた。

「そうですね……、幽霊だと思わせて、驚かすつもりだったのでは？」

「驚いた？」

「いいえ」彼女は表情を変えず、エンジンをかけた。

「私も、驚きはしなかった」

「男性は、人間でしたか？」

「いやぁ、そこまではわからない。ロボットではない、と思うけれど、ウォーカロンの可能性はある」

そこまでじっくりと観察しながら会話をしたわけではない。ウォーカロンだったら、巫山戯《ふざけ》て悪戯《いたずら》などはしないのではないか。否、そんなことは、いいきれないだろうか。

「楽器職人としての結論も、聞かせてもらえませんか」ステアリングを切りながら、ロジが言った。

「そうだね……、つまり、彼らが、ロベルトとリンダなんじゃないかな、幽霊の」

「まさか」ロジはふっと吹き出した。

第1章　誰が魂を連れてきたの？　Who brought the soul?

友達はいた？
ああ。いたよ。
たくさん？
うん。
みんなのこと憶えてる？
ああ。憶えてる。
その人たちどうなったの？
死んでしまった。
みんな？
そう。みんな。

1

自宅に戻る車中でも、僕たちは、あれこれ想像を巡らせて話し合った。城跡の公園へ向かう道路は一本道だったけれど、途中ですれ違うクルマは一台もなかった。あの男女二人が、クルマであそこへ来たとしたら、コミュータを使ったと考えられる。歩くにはちょっと距離があるためだ。また、コミュータを一旦《いったん》返したということは、あそこに長時間滞在する予定だった、ということになる。だが、普通に考えて、そんなに長時間楽しめるような対象が、あそこにあるだろうか。

ロジが地図で調べた範囲では、周囲はどの方向も、自然の森である。地図に示された道もなかった。もっとも、僕が男性と出会った道も、地図にはなかったので、あの程度の細い道は、ほかにも存在しているかもしれない。ただ、周囲に公開された建物などがないことは確かである。北へ少し下っていくと、川があるようだが、橋はなさそうだ。

ロジは、いちおう警察に連絡する、と話していた。人の悲鳴を聞いたのだから、なんらかのトラブルがあった可能性が高い。知らせる義務はあるだろう。

おおよそ、次のようなストーリィが最も可能性が高い、と僕は考えた。

女性が悲鳴を上げたとき、そこにあの男性もいた。男性が女性に襲いかかるかなにかしたため、彼女は悲鳴を上げたのだ。ただ、丘の上からは、女性だけしか姿が見えなかった。草に隠れていたのか、男性はたまたま姿勢を低くしていたのか、いずれかだろう。女性が左を向いていたのは、男性と向き合っていたのかもしれない。しかし、ロジが声をかけ、そちらへ近づいてくることが知れたので、男性は道を左へ向かって逃げた。一方、女性は道を右へ下っていった。男性から逃げたいからだ。上ってきた男性に、僕は出会った。彼は、もう一人いたのか、と驚いたことだろう。そこで、咄嗟《とっさ》に出まかせを言い、道を引き返していった。おそらく、その途中で草か樹に隠れて、僕をやり過ごしたのにちがいない。そのあと、また道を戻ったかどうかはわからない。駐車場の方へ行った可能性が高いと思われるが、その後の足取りは不明である。ロジが到着したときには、女性は森の方へ逃げたあとだった。ロジは直線を走ったわけではない。急な斜面を下りていくのに少々手間取ったので、逃げる時間は充分にあっただろう、と彼女は話した。

あの二人は喧嘩《けんか》をしたのか、ちょっとしたトラブルとなり、女性は悲鳴を上げてしまった。しかし、ロジに上から声をかけられ、人が聞いていたことを知った。恥ずかしくなって、姿を隠したのかもしれない。

きっと、こんな感じだったのだろう、と僕は考えた。ほとんど、無害な出来事だったのではないか。

帰宅したら、ビーヤがすぐにやってきた。

「あそこへ行ったのね？」とドアを開けたら、すぐに話しかけてきた。

それで、ロジが不審な男女に会った、という話をした。ビーヤは、その話で目を見開き、大満足した様子で、すぐに帰っていってしまった。おそらく、イェオリに話したくて我慢ができなかったのではないか。

　僕たちは、もうすっかり冷めていて、普段の生活に戻った。自分たちの生活には、あの二人が人間であろうと、人間でなかろうと、無関係だ、ということは明らかだ。つけ加えておくが、僕は彼は人間だっただろう、という印象を持っていた。

　ところが、夕方に警察が来る、という連絡があった。それを知らせるために、ロジが僕の仕事部屋にやってきた。

「なにか、見つかったって言っていた?」僕は彼女に尋ねた。

「いいえ、なにも見つからないと言っていました」

「じゃあ、何をしに、ここへ来るのかな」

「あの、私は、彼女の顔を撮影しています。これって、警察に見せるべきでしょうか?」

「へえ……、それは、見せろと言われたら、見せれば良いと思うけれど」

「映像を撮るというのは、あまり普通ではありませんけれど」

「風景の写真を撮ろうとしていた、と話せば、自然なんじゃないかな」僕は、ロジにアドバイスした。

　ロジの懸念は、日本の情報局員である身分を隠しているからである。彼女が撮影した映像は、彼女の目に仕込まれた機能によるものだが、そうではなく、普通の装置で撮影したと話して、データを見せることを相談して決めた。僕も、それを見せてもらったけれど、遠くからなので、人相がそれほどはっきり写っているわけではなかった。ただ、外見は若い女性であることは、ほぼまちがいない。髪は栗色《くりいろ》で、ウェーブしているようだ。古風な帽子を被っていたが、こちらを向いた短い時間、顔と髪が見える角度になった。

一方、僕はメガネをかけていなかったので、男性の映像は記録されていない。僕の目には、そういった機能は組み込まれていないのだから、しかたがない。ただ、間近に見ているので、もう一度会う機会があれば、その人物だと特定できる自信はあった。似顔絵は描けないが、コンピュータ相手に、モンタージュを作ることも可能だろう。でも、残念ながら、彼がどんな服装だったかを、僕は覚えていなかった。顔は見ても、ファッションを見ない、というのが僕の特性なのである。

警官が来る時間になって、僕たちは家から出た。ロジが、警官を家の中に入れたくない、と言いだしたからだ。なにか、警戒をしているらしい。家の前の道路を少しだけ下っていくと、ちょうど警察のクルマが来たので、ロジが片手を上げて、サインを送った。

警官は、中年の男女二人で、まずは識別信号でお互いを確認した。ブラウアと名乗った男性が上司らしい。女性の方はアシスタントだと紹介され、頷《うなず》いただけで黙っていた。

まず、ロジが午前中の出来事をもう一度説明した。僕は相槌《あいづち》を打って聞いていた。メガネをかけてきたので、相手のドイツ語もよくわかった。

「連絡を受けて、近辺を探しましたが、誰も見つけることはできませんでした」ブラウアが説明した。「おっしゃっていた、城跡の丘を北側へ回る道は、その先は森の中になりますが、あそこは私有地のため、許可がないと立ち入れません。ほかに、人が容易に歩けるような道は近くにはありません。ところで、あの崖《がけ》を下りていったというのは、本当ですか?」

警官は、僕をじっと見つめた。

「私ではありません。下りていったのは彼女です」僕は答える。「自信がありますが、私にはできません」

「ロープも使わずに、ですか?」ブラウアは、ロジの方へ視線を移した。

「そういうスポーツが趣味なんです」ロジは微笑む。「悲鳴が聞こえたので、早く行かなければ、と思ったので」

「怪《け》我《が》がなくて、なによりです」ブラウアはわざとらしい笑顔をつくった。「その女性を、しっかりと見ましたか?」

「いいえ、城跡のある丘の上からなので、距離がありました。でも、映像を撮りましたよ」ロジは言った。「ちょうど、写真を撮ろうとしていたときだったので」

「そうなんですか」ブラウアは、トーンを上げた。「見せてもらえますか?」

ロジは、写真を彼に転送したようだ。

「なるほど、やはり、彼女でしたか……」というのが、彼の感想だった。心当たりがあるようだ。だが、すぐに僕の方へ顔を向けた。「グアトさんが会ったという男性は、どんな感じの人物だったのでしょうか？」

「私は、写真は撮っていません」僕は首を振った。

「もしかして、この男ではありませんか？」そう言うと、ブラウアは、右手を差し出した。彼の手の上に、小さな顔のホログラムが現れた。

「あ、そうそう、その人です」僕はすぐに返事をすることができた。「誰なんですか？」

ブラウアは、振り返ってアシスタントと視線を交わした。彼女も小さく頷いたようだ。やはり、そうだったのか、といった感じのやり取りに見えた。

「ご存知ではありませんか？」ブラウアはそう言った。僕とロジが首をふると、こう答えた。「ロベルトとリンダです」

2

警官の話によると、百年以上まえに失踪《しっそう》した二人が、僕たちが出会った人物と風貌《ふうぼう》が一致する、とのことだった。しかし、そんなに昔の人間が、今もそのままだというのはどうなのか。その点については説明が全然なかった。ただ、あの城跡近辺で目撃情報が多く、その映像を撮影した人も複数いたらしく、警察はどの情報にも共通する人物として調べている、と語った。幽霊という直接的な表現は一度もなかった。それは、たしかに警察としては言えないだろう。

警官と別れ、僕たちは家に戻った。

「目撃者になってしまったわけだ」僕は呟いた。「誰でも毎日、なにかの目撃者ではあるけれど」

「幽霊の振りをしている人がいる、というだけのことですよね」ロジは言った。「悲鳴を上げたりしたのも、私たちの注意を引きたかったのでしょうね。迷惑な話です」

「そうだね。君があそこで転んで、怪我でもしていたら、被害者になっていたかもしれない」

「そもそも、ロベルトの方は、グアトが驚くと思って、出てきたんじゃありませんか?」

「ああ、そうか……。村の人なら、彼の顔を知っているんだ。幽霊を見て、腰を抜かす、と思ったのかな」

「今どき、幽霊で腰を抜かす人がいるでしょうか?」

「というよりも、幽霊らしくなかったからね。普通の人物に見えた。現代風だった。もっとさ、昔のファッションで、薄汚い格好をして、顔も、もっと、なんていうのか、腐敗したみたいにしてこないと、幽霊だと思いつけない。血を流していたり、土がついていたりしないと」

「それはちょっと、違うような気がします。土の中から出てきたのは、ゴーストではなくて、ゾンビですよね」

ビーヤが訪ねてきた。僕たちが帰宅したのを見ていたらしい。彼女は、警官が来て、僕たちと話をしていたところも見ていたようだ。しかたがないので、経緯をすべて説明することにした。

「あら、そう……」そこで、ビーヤは深呼吸をした。大量の酸素が必要だったようだ。

「じゃあ、やっぱり、あの二人だったのね。ね、そうでしょう？　人相が一致したのね？」

「そうなんです」ロジが苦笑した。「私は、ロベルトには会っていませんけれど」

「とても、その、幽霊とは思えませんでしたよ。午前中ですし、明るい場所ですし……。見間違えるわけがありません」僕は説明した。「そもそも、幽霊だったら、映像が撮影できないのでは？」

「そんなことはありませんよ」ビーヤが首をふった。「みんなが見ているし、みんなが撮影しているんですよ。幽霊かどうかは知りませんけれど、何者かが存在することは、確かです」

「それは、そのとおりだと思います」僕は大きく頷いた。何者かが存在する、とは至言《しげん》である。

ビーヤは、すぐに帰っていった。イエオリに話したそうだった。僕はコーヒーを淹《い》れて、リビングのソファに座った。ロジは通信をしていたようだが、しばらくして、リビングへ来て、窓の外を眺《なが》めたあと、こちらを向き、壁にもたれて立った。

「ロベルトとリンダのことで、なにか調べたの？」僕はきいた。

「いいえ」ロジは首を一度ふった。「調べても、しかたがありません。事件性はないようですし、私たちを狙《ねら》った行為とも思えません。あそこへ行ったから、偶然出会ったとしか考えられませんから」

「暇なプロジェクトといえるね」

「調べたのは、森の所有者です」ロジが言った。

警察が話していたことだ。僕は思いもしなかった。さすがに情報局員だ。頭の回転が速いというか、視野が広いというか、感心した。

「あの一帯は、古くからトレンメル家の土地でした。城跡もそうだったようですが、ロベルトが失踪したあと、村に寄贈されたそうです。それで、村営の公園として整備されました」

「えっと、トレンメル家というのは、つまり、ロベルトの家のこと？」僕は尋ねた。

「はい。そうです。現在は、主に金融と電力関係の事業を営んでいるようです」

「ふうん。この辺りに、発電所があるのかな？」

「いいえ、もともと、この近辺に住んでいたわけではなく、かつての領地は、もっと北の方だったみたいです。この土地は、事業目的で買い取ったものです」

「何の事業？」

「それは、わかりませんけれど、でも、発電関係でしょうか？」

「なるほど、それで、リンダさんの家は、この土地の開発に反対したわけだ」

「ということですから、二人が逃げ込んだ森というのは、そもそも彼らの土地なのです」

ロジが言った。「うーん、なんというのか……」

「二人が生きていて、今もあそこで暮らしている可能性がある、と？」僕はきいた。

「どうでしょうか。百年以上まえですからね。でも、可能なのでは？」

「そうだね、人工細胞を取り込めば、生きている可能性は高い。しかも、若いままの姿でね。ただ……、そんな年寄り二人が、今頃になって、うろついて、たまたま出会った人たちを驚かせている、というのが、ちょっと意図不明としか思えない」

「そろそろ、二人だけの生活に飽きてきたのかもしれません」

「それだったら、もうちょっと早く飽きると思うな。なにも、ゆかりの地へ出てこなくても、二人で外国へでも移住すれば良いだけでは？」

「それは、きっと、家を離れられない理由がある、ということでは？」

「なるほど、なるほど」僕は頷いた。「ペットを飼っているとか？」

ペットの候補を幾つか考えているうちに、話はそこで途切れた。僕はコーヒーを飲み終わったので、仕事部屋へ移った。ロジは、地下室へ下りていったようだ。

バスルームを除けば、自宅の一階には、リビング、キッチン、仕事部屋の三つしかない。仕事部屋は、玄関のある部屋で、窓から表の道や向いの大家の家が見える。そこで、僕は、たいていは木材を削っている。削る道具は沢山あって、ときどき持ち替えるけれど、そんなとき、ふと窓の外を眺めることがある。

その機会の三度めくらいだった。ふと見ると、家の前に黒いものがあった。ほぼ正面に大家の家の窓が見えるのだが、黒いものに遮《さえぎ》られて見えなくなっていた。僕は、腰を浮かせて視点を上げた。大きなクルマが停《と》まっているのだ、とわかった。

まったく音が聞こえなかったのが不思議である。よほど静かに走るタイプなのだろう。窓まで行くと、クルマの全体像が見えた。こんなに大きなクルマは滅多《めった》に見かけない。そう、リムジンだ。いつだったか、こんな大きなクルマから、マガタ・シキ博士が降りてきたことがあったな、と思い出した。

見ていると、前のドアが開いて、大柄《おおがら》な男が出てきた。サングラスをかけている。その男は、降りてから、ゆっくりと周辺を見回した。

そこで、肩を触られたので、僕はもう少しで声を上げるほど驚いた。ロジの顔がすぐ横にあった。音も立てずに、いつの間にか部屋に入ってきたようだ。

「誰でしょう?」彼女が囁《ささや》いた。僕は無言で首をふった。

サングラスの男は、後部のドアの横へ行き、しばらく立ったまま動かなかった。むこうを向いている。ようやくドアを開け、中から杖《つえ》を握った手がまず現れ、黒い靴の脚が地面に伸び、次に老人の頭が出てきた。灰色の髭《ひげ》が目についた。濃いグレィのスーツを着ている。その彼が、クルマの外で立ち、杖をついて、こちらへ歩いてくる。

玄関のドアがノックされた。

「はい」僕は返事をした。窓から声が聞こえたはずだが、老人はこちらを見ない。真っ直ぐドアに向かって立っている。

「出るよ」僕は、ロジに囁く。彼女は小さく頷いた。安全そうだ、という判断だろう。

窓のすぐ横にある玄関のドアへ行き、僕はそれを開けた。

老人は、二メートルほどの距離のところに姿勢良く立っている。

「私は、ヴィリ・トレンメルといいます」老人は名乗った。歯切れの良い発音である。その姓は、たった今ロジから聞いたばかりだったから、固有名詞の記憶に難がある僕にもすぐに認識できた。「実は、警察から、グアトさん、ロジさんが、あの城跡の公園で、ロベルトとリンダに出会った、と伺いました。それにつきまして、少しお時間をいただき、お話をさせていただきたいと思って参りました。突然のことで申し訳ありません。たまたま、この近くにいたので、急に寄ることにしたのです。老人の気まぐれと、お許しいただければ幸いです」

「はい……」僕は頷いた。なにも言葉が思い浮かばなかった。「立ち話もなんですから、こちらへ入って、お座りになりますか？」

僕は手招きをした。仕事部屋には、木製の小さな椅子《いす》が三つある。いずれも、背もたれのない、簡易な台のような代物である。一つは、僕がいつも座っているもの、あとの二つは、道具がのっていたり、作りかけのものがのっていたりする。それらを、慌てて作業台の上へ移した。

「お気遣《きづか》いに感謝します」老人はそう言うと、部屋の中に入ってきた。「ドアは閉めてもらってけっこうです」

玄関のドアは開いたままだった。外にいるサングラスの男も、中に入ってくるだろう、と思ったからだ。老人に言われ、僕はドアを閉めた。彼は、椅子の一つに腰掛けようとしたが、そこでようやく、ロジがいることに気づいたようだった。

「あ、ロジさんですか。私は……」

「はい、聞いていました。トレンメルさん」ロジがお辞儀をする。

彼が、ほんの少しだけ笑顔になったのが目でわかった。髭があるし、もともと皺《しわ》が深いので、事実上あまり表情は変わらないともいえる。椅子に腰掛け、前に立てた杖に両手をのせた格好になった。

「私は、貴方《あなた》が会われたロベルトの弟です」老人は言った。

3

「もう完全に隠居の身でしてね、この近くに別荘を持っているので、ときどきこちらへ来ます」ヴィリ・トレンメルは語った。「あの城跡公園は、私の父が購入した土地でした。この辺りは、岩盤が厚く、発電所の建設には適しています。地震もほとんど起こっていない、安定した地盤なのです。今も、城跡より北の土地を所有しておりますが、別荘はその中にあります」

「あの、ロベルトさんは、生きているのでしょうか？」僕は質問した。

「どうでしたか？ 私は、それを伺いにきたのです」老人は、きき返した。ゆっくりと話す口調とは裏腹に、思考は機敏な様子である。

「私が会った男性は、そうですね……、人間に見えました。つまり、生きているように見えました。でも、最近では、あれくらいのロボットは、いるのではないでしょうか」

「ロボットですか」老人は顎《あご》を少し上げた。「あるいは、ウォーカロン？」今度は顎を引き、上目遣いになった。僕をじっと見据えている。

「短い会話しか交わしていませんから……」僕は言い訳をした。「若く見えたことは確かです。ロベルトさんは、何歳になるのですか？」

「私の、三つ歳上《としうえ》になります。生きていれば、百五十五歳です」

「生きていらっしゃる可能性が高いのでは？　その年代だと、人工細胞を取り入れて、延命をしたり、若返りの手術をしている可能性は充分にありますけれど、でも、あれほど若くはならないかもしれませんね。うーん、ギャップが生じるのを嫌って、それをしないのが普通なのではないでしょうか」

「一人ならば、そうでしょう」彼は頷いた。「しかし、若いままでいたい恋人の希望であるなら、自分もそれに合わせて若作りしないといけません」

「なるほど……」なかなかの説得力だと感じ、僕は頷いた。ロジを見ると、難しい顔をしていた。真剣な表情といった方が良いのか。警戒モードの顔でもある。

「生きているとしたら、多少ですが、困ったことにもなります。トレンメル家の現在の当主は私ですが、本来は、ロベルトが跡取りでした。今、彼が現れた場合、ちょっとした混乱が生じることになります。私はもう引退しているので、そういったごたごたに関《かか》わりたくはありませんが、しかし、私の下で家を支えている者たち、仕事をしている者たちは、複雑な立場となりましょう。ですから、大勢が、最近の噂を気にしています。百年まえの幽霊が現れた、というだけで済む話ではない、ということなのです」

「そうですか」僕は頷いた。「でも、こう言ってはなんですが、私たちには、その、あまり興味がないことです。あの、こちらへいらっしゃったのは、どうしてでしょうか？　私たちに、なにか特別なご用件があるのでしょうか？」

「はい。これは大変失礼をいたしました。そのとおりです。さきに、申し上げるべきでした」老人は軽く頭を下げた。「まず、大勢の目撃者は、二人の写真を撮った、というだけでした。直接話をしたという者は、一人もいませんでした。グアトさんが、唯一の例外なのです」老人は、皺だらけの片手を、僕の方へ向けた。「今まで、私は、この噂を戯言《たわごと》だと考えておりました。単なる見間違いの類だろう。あるいは、見たと騒ぎたい者たちが巫山戯ているだけだ、と解釈しておりました。しかし、貴方は、どうも違う。そちらのロジさんが撮られた写真も、的確なものでした。伺ったお話に高い信憑性《しんぴょう》がありました。まず、こちらでお聞きしたかったのは、実際にロベルトが、どんな言葉を発したのか、その会話の詳細です。警察によると、二言三言会話した、とのこと。具体的に、どんな言葉だったのでしょうか？」

「えっと……」僕は、そこで腕組みをした。目を瞑《つぶ》り、考え込んだ。あのときの情景を頭のスクリーンに再生した。

「彼は、連れと逸れてしまったようです、と言いました。ドイツ語でした。それから、若い女性を見かけませんでしたか？と、ききましたね」僕は話した。「それで、女性の悲鳴が聞こえた、と答えました。指を差して、むこうだと、道の先を示しました。彼は、振り返りました。それから、私に英語で礼を言って……、そのまま、小走りに道を引き返していきました。私も歩き始めましたが、彼の姿は、たちまち見えなくなりました」

「連れ、と言ったのですね?」老人が尋ねた。

「そうです。人を探していることがわかりました。若い女性と聞いたので、悲鳴が聞こえたことを話しましたが、でも、考えてみたら、その声を、彼も聞いていたはずですよね。悲鳴が上がった方から歩いてきたのですから」僕は話す。自分でも、そのときそれが不思議だったのだ。「もしかして、彼には、リンダさんの声が聞こえないのでしょうか?」

「どう思われますか?」老人は、僕をじっと見据えてきき返した。

「どうって……」僕は考えた。どうして、僕が考えなくてはいけないのか、という気持ちが湧《わ》き上《あ》がった。「聞こえなかったはずはない、と思いますよ」

「彼は、聞こえなかった、と言いましたか?」老人はきいた。

「いいえ」僕は否定する。「そうですね、聞こえていたのでしょうね。おそらく、彼女がどこにいるのかも、知っていたはずです。悲鳴の原因が彼本人だった可能性も高い。ほかに、誰もいなかったわけですから。彼は、リンダさんのところから遠ざかろうとしていたのです。ところが、私に出会ってしまった。それで、怪しまれないように、若い女性を知りませんか、と咄嗟に尋ねたのかもしれませんね」

「ご賢察《けんさつ》のほど、恐れ入りました」老人は微笑んだ。今までで一番微笑んだ顔といって良いだろう。「私も、同じように考えました。グアトさんとロジさんが、丘の上にいることを、ロベルトは知っていたはずです。リンダが悲鳴を上げれば、お二人が下りてくる、一緒に下りてくる、と考えたはずです」

「ああ、それは、たしかにそうですね」ロジが言った。「私たちのように、二人が別の経路でアプローチするとは、普通は考えませんね」

「そう言われてみれば、そうだね」僕はロジに言った。僕たち二人は、世間一般のカップルよりも、お互いの差が激しすぎる。いわば、似て非なる者どうしなのだ。

「あの二人は、幽霊ではありませんよね？」十秒間ほど沈黙が続いたので、僕は老人に質問をぶつけてみた。少々俗っぽい疑問ではあるけれど、相手がどう認識しているのかが、知りたかったためだ。

「私は、そうは考えておりません」ヴィリ・トレンメルは否定した。「というよりも、そう考えても、あるいは、そう考えなくても、同じことです。二人が何者であるかは、大きな問題ではありません」

「でも、ロベルトさんが生きているかどうかは、大問題なのでは？」

「いえ、それも、さほど大きな問題ではありません」老人は首をふった。「私くらいの年齢では、仕事から身を引く決まりとなっております。ロベルトも同じです。彼が戻ってきても、事業を引き継ぐことはできません。そうではなく、我々が心配しているのは、ロベルトに子供がいるのではないか、という問題です。もし該当する人物がこの世に存在するのならば、トレンメル家の正統な後継者として、迎え入れる可能性も出て参りましょう。長く、そういった問題は起きておりませんし、その規則も改定されておりません。その可能性があったため、改定できなかったともいえます」

「そういえば、昔は、そのようなルールを持ったグループが存在しましたね」僕は頷いた。「そうそう、忘れてしまいました。血統といいましたね。えっと、世襲というか……。失礼ですが、ロベルトさんとリンダさんは、人工細胞を取り入れていない、ナチュラルな方だったのですね？」

「残っている記録によれば、そのとおりです」老人は頷いた。「当時は珍しいことではありませんでした。私自身も、当時はナチュラルでした。しかし、迂闊《うかつ》にも、人工細胞を入れてしまいました。まだ、それが大きな問題になることだとは、認識されていなかったのです」

人工細胞を体内に入れた場合、生殖機能を失う結果となる。現在、人類が抱《かか》えている最大の問題がこれだ。子供が生まれなくなり、人口は減少の一途を辿っている。今や、ナチュラルなままの人間は極めて稀少《きしょう》となった。

ただ、科学がこの問題を解決しようとしている。原因が突き止められ、近い将来、子孫を残すことができ、しかも延命を図る人工細胞移植が可能になる、といわれている。まもなく、それが製品化するとのアナウンスもされている。

ヴィリ・トレンメルは、十分ほどで帰っていった。僕とロジは、玄関の前に出て、彼が大きなクルマに乗り込むのを見送った。向いの家の窓には、ビーヤの顔も見えた。

「もし、よろしければ、私の別荘へご招待したい」クルマに乗ったあと、ウィンドウを開けて、老人は言った。

僕は、社交辞令で頷いた。

「まだ、半月くらいは、こちらにおります。そのときになったら、ご連絡を差し上げたうえ、迎えの者を遣《つか》わしましょう」

4

てっきりビーヤがすぐにやってくる、と予想したのだが、彼女は来なかった。

「どう思った?」僕は、ロジに尋ねた。

「そうですね、幽霊の噂話よりは、幾分面白い話でした」

家の中に入った。ロジは、トレンメル家について調べるため、奥の部屋へ姿を消した。

僕は、作業台の前に座り、途中になっていた作業を再開した。ナイフで粗削《あらけず》りをしている段階であり、ときどき形のバランスを眺めながらの工程である。このような手作業というのは、本当に気持ちが落ち着くものだ、とつくづく感じる。

人間が長寿になって、社会ではいろいろな問題が起こっているのだな、と改めて思った。

自分は、そういった境遇になかった。受け継ぐような親の遺産もなかったし、親戚《しんせき》のどこまでが一族なのかもわからない。家を継ぐといった感覚がまるでなかった。今では、血縁者で連絡が取れる者はいない。どこかで生活はしているだろうが、お互いに干渉しないという、非常にありがたい一族だったことは、幸運といえるだろう。

それは、ロジも同じらしい。彼女の血縁者に、僕は一人も会ったことがない。今の時代は、それくらい個人主義が浸透しているのだ。だから、貴族であるとか、トレンメル家であるとか、後継者であるとか、そういった古風な言葉には、懐《なつ》かしさに近いものを感じるだけで、具体的なイメージさえ湧かなかった。ただ、たしかに当事者には、大きな問題なのかもしれない、くらいの予感はする。

個人が個人としての権利を獲得する以前は、人類は「家」というグループで括《くく》られていた。これが、血の結束というものだろう。それが、いつの間にか「家族」になり、さらに、その家族も、いわゆるパートナという最小単位になった。そのパートナさえ、もう古くなりつつある。人間は孤独を愛しているようだ。

幽霊とか血縁とか、古い概念を久し振りに身近に感じたことで、逆に現代の成立《なりた》ちのようなもの、つまり社会構造を意識せずにはいられなかった。

僕たちには、未来というものがあるのだろうか。今では、誰も死を意識していない。かつて、人間は誰も、必ず死を覚悟していたはず。いずれは自分がこの世界から消えてしまう、と考えていた。それが、個人の小ささの象徴でもあったはずだ。世界も社会も、未来に向かって進むものだが、自分はたった今しか、それらに関ることができなかった。刹那《せつな》というのか、今という時間を際立たせる効果が、きっとあっただろう。今はそれがない。いつまでも自分たちはここにいる、と誰もが自然に信じている。

たしかに、争いごとは減っている。命懸けで戦うような行為は、目を背けられる対象でしかなくなった。見かけ上、人間は穏《おだ》やかになったようだ。しかし、おそらくは、生命に対して鈍感になっただけのこと、時間に対してもルーズになり、自分に関ること、興味のある対象にしか、目を向けなくなった。

僕もそうかもしれない、と思う。

たぶん、そうだろう。こんな社会になったら、研究することだけが、生きている証《あかし》ではないか、と考えたことさえあった。若いときのことだ。どうして、そう考えたのだろう。つまり、歴史に名を刻むことの意義と虚《むな》しさが、セットになって訪れる場が、研究というものだったのかもしれない。

現代の人間は、若いときに一所懸命に働いて蓄《たくわ》えるか、あるいは両親から受け継ぐかした資産によって、永遠の命を手に入れる。それが一応の成功だ。その成功は、どんどん簡単になっている。治療を受けるための料金は、じわじわと下がっているからだ。人の命は、値下がりしているのだ。

そうして、その究極ともいえるものを手に入れて、さて、何をするのか、という問題に直面するだろう。あっさりとゴールを通り過ぎてしまい、どこへ走れば良いのかわからない。

まだ、そんな状況になって半世紀ほどである。このくらいの時間ならば、いろいろなチャレンジに時間を潰《つぶ》すことは可能だっただろう。だが、そろそろ飽きてくる頃かもしれない。人生のマンネリに陥《おちい》った場合、人はどうするのか。そして、マンネリに陥った社会は、どこへ向かうのだろうか?

ロジが部屋に入ってきた。近くにあった椅子を片手で掴み、僕のすぐそばに置いてから座った。さきほど、ヴィリ・トレンメルが座った椅子だ。彼女は、宙を見つめてから、小さく溜息をついた。

「トレンメル氏の別荘へ行ってこい、という指示を受けました」ロジは無表情で、それだけ言った。

彼女に指示を出すのは、日本の情報局である。意外な方向から風が吹いたな、といった印象である。

「何故《なぜ》?」僕は尋ねた。そう尋ねないと、ロジはしゃべらないつもりのように感じたからだ。

「詳しくは、もちろん聞いていません」ロジは口を尖らせる。情報局員の掟《おきて》のようなものがあるのか。「ヴィリ・トレンメル氏は、かつて政治家だったこともあります。駐英大使だったこともあれば、ドイツ情報局が組織したシンクタンクのメンバだったこともあります。もちろん、原子力事業でも、国家的なプロジェクトに関与している人物で、今も影響力は大きい、とのことです」

ロジはそこで、言葉を切った。

「だから？」僕は、話の続きを促《うなが》した。

「だから……、つまり、首を突っ込んでこい、というようなことでしょうか？」ロジが言った。

「面白くなさそうだね」

「私がですか？　そんな顔をしていますか？」

「それよりも、むこうがこちらのことを知っている可能性は？」

「それは、ほぼないと思います。いえ、本局の判断では、そうです。たとえ知られていたとしても、私やグアトから得られる情報はありません。私たちは小物です」

「小物ね」僕は、思わず吹き出してしまった。「彼は、大物なんだ」

「そういうことです」ロジは頷いた。「どうしましょう？　彼から招待があるまで、待ちますか?」

「君に任せる」僕は即答した。「ところで、情報局は、ロベルトとリンダについては、なにか言ってこなかった? 幽霊についての見解が知りたいなぁ」

「まったく全然、なにもありません」ロジは首を振る。「ロベルトという人物に関しては、情報は皆無《かいむ》です。百二十年以上まえに行方不明になっているのですから」

「その話を、したんだよね?」

「その話って?」

「私たちが二人に会ったこと、幽霊が噂になっていること」

「しました」

「それに対する反応は?」

「これから、演算するそうです」

「オーロラがするのかなぁ。人工知能が幽霊の動向についてシミュレーションするというのは、なかなか興味深い」

「オーロラは、グアトに会いたそうでしたよ」ロジは言った。

これは、たぶんジョークだろう。最近、ときどきこの手のジョークを投げ込んでくるのだ。警戒しなければならない。そそくさと地下室へ下りていくには、多少のプライドがあったので、僕は黙ってそのまま仕事を続けた。ロジも、話はそこまでだったらしく、奥へ引き下がった。

オーロラと話をするなら、何が焦点だろうか、と僕は考えた。

幽霊というのは、いったい何だろう。最近になって存在が明らかとなったトランスファが、かなり幽霊に近いな、とも思いついた。これは僕だけの感覚かもしれない。

電子界があの世だとすると、トランスファは亡霊だといえなくもない。ただ、電子界は、ヴァーチャルであるけれど、あの世ではない。この世がリアルであるように、電子界も、実は物理的に存在している。ヴァーチャルという呼び名は、歴史的な経緯によるもので、本質を言い表すには相応《ふさわ》しくない。たとえば、人々は自分たちの資産を電子界のデータとして所有している。その資産は、明らかにリアルを支配する力であり、影響力を持った存在である。

一時間ほどで、仕事を切り上げ、僕は地下室へ下りた。ロジは、リビングにいた。オーロラと話をしてくる、と彼女には告げておいた。

オーロラは、日本の情報局の局員となった人工知能である。日本には、彼女のサブセットであるロボットが存在するが、今は遠く離れてしまったので、ヴァーチャルでしか会えない。

高原のような眺めの良い場所へ出ていくと、オーロラが待っていた。ギリシャの神様のような白い布を纏《まと》ったファッションだったが、その認識はたぶん正しくはないだろう。

オーロラは、ロジに似ている。これは会うたびに感じるところだった。

「幽霊に遭遇した経緯は、ロジさんから聞いております」オーロラは淑《しと》やかな口調で話した。「いかがでしょうか。幽霊だと認識されているのですか？」

「うーん、難しいところですね。まあ、そう……」僕は答える。「ロジは、まったく信じていないでしょう。私は、彼女よりは少しだけ、信じられる方かな」

「どのように、少しなのでしょうか？」オーロラが首を傾《かし》げる。

「人間か、ウォーカロンか、あるいはロボットか、と考えるとき、もう一つ、それらのどれでもない存在が、もしかしたらあるかもしれない、という、もう少しです」

「イメージできません」オーロラは微笑んだ。「もう少し、ディテールか、あるいは、可能性のような具体例はございませんか？」

「そうですね、たとえば、トランスファが、ウォーカロンと一体化したようなものです」

「それならば、これまでにも存在しました。母体は単なるウォーカロンですが、トランスファにコントロールされている状況が長時間維持されたもの。新しい存在とは思えませんが」

「トランスファの本体の大部分が、ウォーカロンに常駐したら、どうでしょうか？」僕は言った。「ウォーカロンが生まれたときからです。ずっとそこにいるのです」

「そういった前例はありません。少なくとも私は知りません。そうすることの目的も考えられません」オーロラは首を横にふった。「常駐した場合、既にトランスファではありません。単なる人工知能です。したがって、そのウォーカロンは、かつてのメカニカルな、古いタイプのウォーカロンに近いものになります」

「でも、そのウォーカロンが死んだら、初めて移動できるのです」僕は言った。

「そのために、トランスファだということですか?」オーロラは、少し驚いた表情を見せた。珍しいことだ。「それに関しては、なんともお答えできませんが」

「そういった経験を重ねた場合を、考えてみたんですけれど……、ある一人のウォーカロンだった経験を持った知性が、次のウォーカロンに乗り移る」僕は話した。「これは、いわゆる幽霊や亡霊に近いイメージ、ではありませんか?」

「そのようなものが実在している可能性は低いと考えられます」オーロラは言った。「各技術の開発時期、実用時期から類推して、そういった生まれ変わりを重ねるような時間はなかったものと思われます」

「でも、早く亡くなる場合だってありますよ」僕は食い下がった。「事故であったり、あるいは自殺です」

「事故でも、亡くなる可能性は低いと思います。自殺というのは、その場合、トランスファがコントロールして誘発される、という意味ですか?」

「事故も同じです」僕は答える。

「トランスファにとって、どういったメリットが生まれるのでしょうか？　せっかく馴染《なじ》んだボディから移ることの意味は？」

「そうですね……、そこまでは考えていませんでしたが、たとえば、若い世代だけを渡り歩けば、知的な体験として、より濃密なデータというか、うーん、そんな履歴になるような気がします。つまり、知的好奇心を満たすことが、欲望、あるいは計画としてありうるのでは？」

オーロラは、僕をじっと見たまま、なにも言わなかった。考えているようだ。僕は周辺の風景を見ることにした。ここは、どこだろう。中米か南米のような気がする。ジャングルだが、ところどころに岩山があって、人工物が作られていた。

「申し訳ありません。少し考えさせて下さい」オーロラは言った。僕を見て、にっこりと微笑んでいる。困っている顔ではない。むしろ嬉《うれ》しそうに見えた。

「私も、もっと考えてみます。うまく説明ができないのは、考え不足だからです。ただ、そもそも、幽霊というのは、何なのか、という問題に戻るような気がしますね。どうして、人間は、幽霊のような存在を発想したのかな。どんな需要があったのでしょう。そこに、ヒントがありそうな気がします」

5

夕食のとき、ロジと今後の方針について話し合った。ロジは、自分一人でトレンメルの別荘へ出向く、と言った。これには、僕は反対した。いかにも不自然だからだ。ヴィリ・トレンメルの訪問で、主に相手をしたのは僕だった。話をしたのも僕だ。それは、ロベルトと会ったのが僕だったからだ。

ヴィリは、跡継ぎのことなど、プライベートに立ち入った話をしていった。城跡に出没する幽霊は、トレンメル家にとっては、無視できない事態である、と言いたげだった。僕たちが、ほかの大勢の目撃者となにか違っている、と見抜いたのかもしれない。おそらく、幽霊を怖がっていないこと、科学的な物言いをしたこと、などを評価したのだろう、と思われる。

「私たちが、日本の情報局と関係があることを知っていたら、どうします？」ロジが言った。

「特に、悪いことでもない。かつては、そういう仕事をしていた、と正直に話せば良いだけだよ。私については、それで間違いではない。君は発言しない方が良いし、君が局員だとは思っていないだろう。私の方が、外部から存在が知られている確率が高い」

「もう一点……」ロジは指を一本立てた。「考えすぎかもしれませんけれど、電子界に関連したもので、なにかの罠《わな》だという可能性は？」

「それはないと思う」僕は即答した。「そういう場合は、なにも予告せず、城跡にピクニックにいった時点で誘拐されていただろうね。悲鳴を上げたり、顔を見せたりしないだろうし、警察に知らせたあとということもないはず。駐車場でクルマから降りたときに、すぐ実行するのが確実だ。もし私だけを誘拐したいのなら、君と別れて、回り道をしている途中で攫《さら》われただろう」

ロジは黙って聞いていたが、少し遅れて、小さく頷いた。納得したようだ。

「オーロラは、トレンメル氏のことを、どう言っていましたか？」ロジがきいた。

「えっと、いや、その話はしていない」僕は答える。

「え？　じゃあ、何の話をしたのですか？」

「幽霊の話」

「幽霊の話？」

「幽霊とは、どんなものか。人はどうして幽霊を創《つく》り出《だ》したのか」私は言った。

「あまり実《み》のある話には思えませんけれど」ロジは、口を歪ませた。

「私たちが見たのは、幽霊だっただろうか？」僕は、自問するつもりで言葉にした。

「私たちは、同じものを見ていません。私は、遠く離れたところからリンダらしき人を見ました。グアトも見たはずです。でも、グアトが近距離で会ったロベルトには、私は会っていません。だいぶ条件が違います。一概にいえないと思います」

「一概にいうつもりはないよ。私も、ロベルトなる人物が幽霊だとは思っていない。あれは、たぶん人間だろうね。いや、ウォーカロンかもしれないけれど」

「ロボットではない、といえますか?」

「断定はできないけれど、そうだね。ロボットだったとしたら、もの凄《すご》い高級品じゃないかな」

「あの二人は、森の道を奥へ逃げたか、草の中に身を伏せて隠れていたのだと思いますけれど、あの森には、ヴィリ・トレンメルの別荘があります」

「位置は、調べた?」

「調べました。私たちが、あのとき最後に立った場所、リンダが悲鳴を上げたと思われる場所ですけれど、あそこから直線距離で約一・五キロ。走ったら四分くらいで行けます」

「それは、君が走った場合?」

「そうです」

「私は、十分でも無理だ。若いときに、一度だけトライしたことがあるが、死ぬかと思ったよ」

「何の話をしているのですか?」ロジがトーンを少し上げた。

「幽霊の話だよ。幽霊でも、歩いたら三十分くらいは、かかるだろうね」

「あの二人は、トレンメル氏の別荘からやってきたのかも」ロジが首を傾げながら言った。

「ところで、ロベルトは幽霊なのか、と問われるのに、どうして、弟のヴィリは幽霊だと疑われないのだろう?」

「幽霊だったら、ボディガードと一緒には来ないからです」ロジが答える。

「そんな理屈はない。情報局に本人のデータがある、というだけの差だね」

「識別信号を発していました。私は、いちおうその信号を確認しています」ロジが顎を上げる。

「君の方が正しそうだ、というのは認める」僕は頷いた。「でも、確信はない。幽霊だって、一般市民として暮らしているかもしれない。ボディガードだっているかもしれない。誰にも、幽霊だとは知られていないかもしれない」

「ああ、そういう意味ですか。そうなると、幽霊であっても、人間相当として扱わないといけませんね。幽霊は、そもそも人権がない、と思いますから。たとえば、人間やウォーカロンは銃で撃ったら責任が問われます。ロボットであっても、勝手には撃てません。でも、幽霊だったら、撃てますね」

「そう? そういう決まりがある?」

「いえ、それはありません。撃ってはいけない、という決まりがない、という意味です。だいいち、幽霊には銃は効かないのでは？」

「どうして？」

「なんか、楽しそうな顔をされていますよ」ロジが片目を細くして言う。「幽霊は、撃たれても、弾がすり抜けてしまうからでは？　ホログラムみたいなものでしょうから」

「幽霊には足がない、という話は聞いたことがある？」

「あります。どうして足がないのでしょう？」

「いらないからじゃないかな。蛇も同じだ。退化したんだね。幽霊は、浮いているんだよ。でも、そのわりに、風で飛ばされたりはしないみたいだ。幽霊は物体ではない。気体でもない」

「プラズマですか？」

「炎みたいな？　うーん、近いかもしれない。ホログラムだとしたら、どこかから光が来るわけだから、光源を見つけて撃てば、幽霊も消える」

「ホログラムだったら、こちらに影響がありません。撃つ必要がないと思います。あの……」

「どうしてこんな話をしているのか、とききたい？」

「はい」ロジは頷いたが、今にも笑いだしそうな目つきだった。「是非」

「幽霊の定義というものはない。それと同じように、人間だって、どんな状態だったら人間なのか、という定義なんて、普通の人は考えもしない。もちろん、人間はこの世に実在するから、それを調べて、共通の特徴なり傾向を平均的に把握することは可能だ。幽霊は、この世に存在するかしないかわからないし、科学者の前に現れてくれないから、そういった特徴も傾向も観測することができない。でも、目の前に立っているものが、人間なのか幽霊なのかという問題は、それを見た個人と、捉《とら》えられた対象物に限っていえば、世間一般の定義とは、まるで無関係だ。たまたま、今は地球上に人間が沢山いるから、そういった平均的な認識で話をしがちだけれど、人類が絶滅に瀕《ひん》して、私が地球上で最後の人間になった場合、幽霊も人間も、ほとんど同じくらい曖昧《あいまい》なものになる、そういう状況で、誰かに道で出会ったら、私はどう判断したら良いだろうか？」

「最後の一人だという確信というか、それもないわけですか？」

「それは、そうだろうね。証明のしようがないから。一人だけだと、それこそクイズの世界みたいに決まっていたら、出会った相手は人間ではない、と判断できるけれど、そんな都合の良い条件というものは、そもそも現実にはありえない」

「そういうふうに考えるのですね。いえ……」ロジは小さく肩を竦めた。「たまたま、人間が沢山いる、この条件は特殊なものだ、と？」

「そうだね。人間の平均的な定義や、思考の傾向などは、宇宙を支配する物理法則では導けない、ということ。だから、信じられない。幽霊と同じだ。科学者が信じるのは、数学と物理学だけ」

「私は、幽霊を信じませんけれど」

「私は、幽霊について、その判断ができるほど観察したことがないし、再現性に関してもデータを持ち合わせていない」

「だから？」

「それだけ」

6

警察からは、なにも連絡がなかった。調べているのかどうかもわからない。とにかく、僕たちが目撃したリンダとロベルトは、まだ見つかっていないのだろう。近所から死体でも出てくれば、当然ながら、僕たちに連絡があるはずだ。

翌々日、ヴィリ・トレンメルから、さっそく招待のメッセージが届いた。これは、電子的なものではなく、玄関の前にサングラスの男が現れ、封筒を手渡す、という方法で伝えられた。応対したのはロジだが、あとで「馬鹿みたいですね」と率直な感想を語っていた。

「果たし状みたいだね」僕は言った。「果し合いって、知っている?」

「はい、わかります」ロジが微笑んだ。

招待は二日後の土曜日の午後だった。次の日、金曜日の朝、リビングで朝食を終えて、食器を片づけているとき、ロジが呟くように言った。

「何を着ていきましょうか?」

「え? 何の話?」

「明日のことです」

「なんでも良いと思うけれど、指定はなかったよね」

「グアトは、どうします?」

「ネクタイくらい、していこうかな」

「ほら、考えているじゃないですか」

相手が貴族だということで、フォーマルな格好をしていく必要がある、とでも考えたのかもしれない。これ以上、なにか話すと角が立つような予感がしたので、僕は黙っていた。彼女が考えれば良いことである。

それで、思い出したのだが、ずいぶんまえに、チベットでシンポジウムがあったとき、僕はロジと一緒にレセプションに参加した。僕はその分野の研究者として、また、ロジは情報局員として僕をガードする役割だった。そのとき、ロジはドレスを着ていたのだ。今うものの、僕はあまり人の格好に注目しないので、あのとき……


でもあのときのインパクトが強く、印象に残っている。普段とのギャップもあったし、そういう格好をする人だとは思ってもみなかったのだ。もちろん、そのときは場所に溶け込むようなファッションとして選択したものだったはずだ。

僕は、人の服装にほとんど関心がないので、そこに焦点を合わせて見ない。記憶もないほどだ。先日のリンダとロベルトの場合も、どんなファッションだったか、という記憶が曖昧だった。リンダは遠くからだったので、顔がよく見えない分、帽子や服装を記憶に留《とど》めた。しかし、ロベルトは、服装の印象が薄い。たとえば、どんな靴を履いていたか、わからない。足があったかどうかも、定かではない。

仕事場で、相変わらずの作業をしていたとき、向いの家からイェオリが出てきて、村へ行く方向とは逆へ歩いていくのを見かけた。そちらにはなにもない。緩い坂道を上っていき、高原や森があるだけで、そのうち道もなくなる。

ロジに、散歩に出かけると告げてから、僕もその方向へ歩くことにした。ときどきだが、一人で三十分ほど歩くことがある。家から一キロくらいの距離だろうか。初めのうちはロジがついてきたが、最近は一人のことが多くなった。僕が信頼されたのではなく、この場所に危険なものがない、とわかったからだ。まず人家は一軒もないし、クルマも通らない。人に出会うことはまずない場所である。

イェオリに、すぐに追いついた。彼は僕に気づくと、待っていてくれた。

「散歩ですか？」僕が尋ねると、彼は頷いた。「珍しいですね」

「そう、珍しいね」イェオリは答える。「あまり、日に当たることがない毎日ですよ」

「私もです」僕は調子を合わせる。「このまえ、トレンメル氏が訪ねてきました」

「そう、大きなクルマが駐《と》まっていたそうですね。ビーヤがきっとそうだって、話していました」

「ヴィリ・トレンメル氏を、ご存知でしたか？」

「ええ、知っていますよ、インタビューをしたこともある。仕事ですけれどね」

「それは、幽霊の記事を書くためだったのですか？」

「そうです。えっと、十年くらいまえになるかな。その当時から、この辺りでは幽霊の噂が聞かれたし、けっこうマスコミも取り上げていた。それで、記事を書かないか、と依頼されたのです」

「どこからですか？」

「言えませんが、表向きは、マスコミからです。それに、記事としては、自発的に私が書いたことにしました。けっこう、そのあたりのことはシビアな世界なので」

「つまり、なにか政治的な意図というか、どこかの宣伝になるようなものだった、ということですか？」

「今だからいえますが、そのとおり」イェオリは頷いた。「トレンメル家の幽霊の噂で、トレンメル家の関連企業グループの株が軒並み上がった」

「え、どうしてですか?」

「いろいろな説がありましたが、一番それらしいのは、後継者が現れるのではないか、という点ですね」

「それは、リンダとロベルトの間に子供が生まれている可能性があるからですか?」

「そのとおりです。ただね、私には理解できない。そんな幽霊の子供が、現実社会に影響を及ぼすなんてね……」イェオリは顔を顰《しか》めた。苦笑いをしたつもりかもしれない。「一族の中から幽霊を出したなんて、汚点になるのではないか、と考えるのが常識的では?」

「いや、わかりません」僕は首をふった。「私は、どちらも想像もできませんね」

「もともと、リンダとロベルトのカップルは、敵対する二つの家の間に生まれた恋愛だから、ロミオとジュリエットのような悲劇だった。両家は、政治的には右と左だった。二人が失踪したあとも、長く争いは続き、論戦だけではなく、関係者どうしの暴力沙汰《ざた》もあったり、スキャンダルもあったり、あまり面白いことはありません。憎み合っていた、といっても良い。ただ、数十年で下火になった。お互いに利がないことを悟ったのでしょうね。距離を置くようなった。そして、そのままです。でも、その当時は、リンダとロベルトは自殺をしたと信じられていた。なにしろ、警察が方々を捜索したのに、足取りがまったく摑めなかった。綺麗に消えてしまった。最も可能性が高いのは、川に身を投げたのではないか、という説でした。二人は海に流され、海底に沈んだのだろう、とみんなが噂しました」

「最初は沈みますが、いずれは浮かんできます。でも、野生の動物に食べられてしまうでしょうね」

「現実的には、そうでしょう」イェオリは微笑んだ。僕の話したホラーが気に入ったようだ。「子供の可能性が取り沙汰されているのは、当時、リンダが妊娠していた、という証言があったからなんです」

「え、そうなんですか」僕は驚いた。

「しかし、これは確認できませんでした。だから、私も記事には書きませんでした。誰が言い出したことかもわからなかったし、診察の記録が残っていたわけでもありません。ただ、リンダはまだ若く、その当時は当然ながら、人工細胞の移植を受けていなかったのは確かです」

「ロベルトもですね」

「彼が父親なら、そのとおり。二人の結婚は、どちらの両親も反対した。特に、トレンメル家では、絶対に許されないことだった。格式のある家柄《いえがら》だったから、それ相応の家から嫁を迎えるのが仕来りだったようです。血族の結束も堅く、それを保持するためにも、血族内での結婚が望まれていた。一方、リンダの家は、普通の家です。でも、両親ともに大学の教師で、研究者。高学歴で、インテリの家庭だった。特に、母親は原子力関連の事業を攻撃する環境団体を主宰する人物でしたから、トレンメル家の事業は目の敵といえる存在だったわけです」

「でも、娘の結婚は別問題なのでは？　そういうものだと、少なくとも、私は思いますけれど」僕は素直に意見を述べた。

「私も、そう思いますよ。みんな、そう思うでしょうね。リベラルな家庭だったら、なおのこと、個人の自由を尊重するのが筋ではないか、とも感じる。まあ、でも、昔の話だからね。今とは、だいぶ価値観も違います。まだ、人種差別があって、性別や社会的地位や、いろいろな差別、偏見が残っていた時代です。二人が失踪して、お互いの家が、相手の家の陰謀だと非難し合った。そういった応酬に政治的な立場が絡んで、いろいろな人物が援護をする。本当かどうか疑わしいような証言が多数飛び出してきた。すべて、相手の家の陰謀だ、こちらの家を貶《おとし》めるために計画されたことだ、となる。そんな応酬だったようです」

「なるほど。そうなると、幽霊も浮かばれませんね」

「え？　その意味は、ちょっと私にはわかりません」イエオリは言った。

「あ、そうですか、日本的な思想かもしれません」僕は誤魔化《ごまか》すことにした。「なんというのか、無念を抱えた魂は、天国へ行けない、と考えられているのです」

「天国へ行けないと、どこへ行く？　地獄ですか？」

「いえ、つまり、幽霊になって、この世に留まるわけです。それで、無念を晴らそうとする。解消できれば、ようやく天国へ行ける。それを浮かばれるというのです」

「天国へ行くためには、浮上するというわけですか？」

「まあ、そういうことですね」

「面白い話だ」イェオリはにっこりと微笑んだ。「その理由で、二人が幽霊になったとすると、どうやって無念を晴らすのかな？」

「さあ、つまり、両家が仲直りするように仕向ける、というプロジェクトでしょうか」

「それは、どうかな……、生きた人間だって難しい。幽霊には、到底無理な気がしますね」

「それは、ええ、私もそう思います」

そうか、幽霊というのは、生きた人間よりも力の弱いものなのだ、と僕は感じた。イェオリは、そう捉えている。幽霊は、超能力者ではない。この世では、なにもできない。ただ、人の目を引いて、ちょっと動揺させる程度のことしかできないのだ。

幽霊とは、つまり人間の意思だけが存在したものなのだろう。肉体が失われ、思考する機能だけが保存されたもの。これは、現代では、コンピュータ上でかなりのレベルまで再現できる。誰でも幽霊になれる。それどころか、新しいボディを伴って、この世に復活することさえ不可能ではない。

そういった概念がマイナになりつつあるのは、肉体が失われることがなくなったからだろう。人間が死ななくなったので、死後の状態を誰も想像しなくなってしまった。

幽霊とか魂というものを考え出したのは、肉体の死という現実が目前にあったためだろう。その恐怖を回避するためには、生きているうちに、魂の存在を信じるしかなかった。それ以外に、安楽を得る方法がなかったからだ。

幽霊が現れる物語では、その死に関った者が、幽霊に怯《おび》える場面がある。だから、現れるだけで、無念を晴らす効果があったといえる。しかし、死んだ人間に無関係の人は、幽霊とも無関係だ。呪《のろ》われる筋合いはないし、また、そもそも幽霊の姿が見えないのかもしれない。

そういえば、リンダとロベルトは、お互いに姿を見ることができず、声を聞くこともできない、と語られていたという。あれは、どういうことだろうか？

その状況の再現は、ヴァーチャルでなら可能かもしれない。二人の人物が、同じ世界に存在しても、お互いに影響を与えることができない。第三者には、その二人の存在が確認できるから、自分たち以外の誰かの行動を観察していれば、もう一方が存在することが察知できるだろう。

たとえば、リンダがなにかを持ち上げて移動させたら、ロベルトには、その移動する物体が見えるのだろうか？　それともリンダは物体を持ち上げられないのか？

考えてみたら、同じ世界に存在することの意味が、こんなところから意識できる。僕とロジは、同じ家に住んでいるから、自分が動かした覚えがない物体が移動していたら、それはロジが動かした、と判断できる。

お互いに、肉体はほぼ同じ物体でできている。世界にある物体が、すべて同じ粒子群で構成されているから、このような共通感覚を持てる、ということだ。だが、電子の世界では、それは単なる設定でしかない。

リアルでは当たり前のことが、ヴァーチャルでは特別な設定となる、ということだ。

そこで、ふと思いついた。

マガタ・シキ博士の共通思考というのは、物体のように信号を共通化することかもしれない。そうすることで、お互いの信号がお互いに確認でき、お互いに影響を及ぼすことができる。すなわち、思考が、物体のように目に見えて、手で触ることができ、移動したり、加工したり、破壊することができる存在となる。思考が物体になる、といえば良いのか。

もしかして、これかな、という感触だった。

もう少し、この方向で考えてみよう、と僕は思った。

7

土曜日の一時半に、家の前に黒い大きなクルマが停まった。時間も紙のカードに記されていたとおりだった。玄関のドアをノックしたのは、あの大男だったが、このときはサングラスを外していた。

僕とロジは、十分まえから玄関のドアの手前で待っていたから、彼がノックした二秒後には、ドアを開けていた。

彼は、笑顔は見せなかったものの、言葉遣いはいたって丁寧で、押し殺したような小さな声で話した。このような抑制が利くことが、貴族に雇われる条件なのかもしれない。

「ヴィリ・トレンメルの使いの者です。かねてよりお約束のとおり、お迎えに参りました」

僕たちは、その大きなクルマに乗り込んだ。ドアを彼が閉め、運転席へ行ったようだが、後部座席から運転席は見えない。座席というよりも、小さな部屋に近く、六人、いや八人くらい乗れる広さがあった。とても自動車とは思えない。列車か航空機のようだ。

横の窓から外を見ていたら、しばらく道を上っていき、土地が開けたところで、切り返して向きを変えた。

「大きいから、不便ですね」ロジが呟いた。

そういう彼女は、ベージュのドレスを着ている。僕は、今朝初めて見た。目を見張ったのは、スカートだったことだ。まるでオーロラだ、と思ったけれど、これは口にしたら果てることになるだろう。

髪の毛も長くなっていて、どうやって伸ばしたのか、方法については尋ねていない。かつては、そのくらい長かったこともあったが、そのときだって、朝思いついて長くしたのかもしれない。

知っている道をしばらく走ったあと、森の中へ下っていく脇道に逸れた。ロジによると、私道だという。両側に高い針葉樹が立ち並んでいた。こんな場所が近くにあったのか、と不思議に思った。

その森を抜けると、開けた場所に出た。周囲は黒い森で、その中に緩やかな緑の傾斜地がある。そのほぼ中央に白い建築物が見えた。そこへ向かっているようだ。道路は真っ直ぐではなく、わざと遠回りをしているような経路で上っていく。さきほどの森が低くなっていく。

建物に近づくと、黒い細い柵があって、ゲートが自動的に開いた。そこから建物の玄関まで五十メートルほどだが、途中に小さな噴水があった。左右には白い彫刻の像が立っていた。背中に翼がある人間で、不思議な格好のヘルメットを被っている。

玄関前に、リムジンは停車した。乗ったときと反対側のドアが開いたので、僕がさきに降りた。ドアの外には、大男が一人立っているだけだった。ヴィリ・トレンメルの姿はない。ロジも降りてくる。彼女は、普段よりもゆっくりと辺りを見回した。

玄関の大きなドアが両側に開いて、中から女性が二人出てきた。エプロンをしている。ドアの両側に立って、僕たちに微笑んだ。見分けがつかないほど似ている。ロボットのようだ。

大男が、どうぞ、と片手を向けた。中へ入れ、ということらしい。僕とロジは玄関のドアへ近づく。両側に立っている二人の女性が、ほぼ同時にお辞儀をしたが、なにも言わなかった。

誰に挨拶《あいさつ》をすれば良いのか、わからないまま、建物の中に入った。高い天井のホールは、床と奥の階段がタイル張り、壁は薄いピンクだった。両側に部屋があり、そちらは床が少し下がっている。どちらもオープンで、ドアはない。二段ほど下りると絨毯《じゅうたん》である。その絨毯が右は黄色、左は薄いブルーだった。外の古風なデザインに比べると、エキセントリックな派手さが際立つ。

このホールも無人だった。ヴィリ・トレンメルは、どこかの部屋で待っている、ということだろうか。

エプロンの女性の一人が、案内をしてくれた。僕たちは、彼女についてホールの奥から階段を上がった。カーブした階段だったので、二階のホールへ到着すると向きが反対になった。正面に窓があって、外の森などの遠景が輝かしく見えた。

通路を左へ進み、初めてのドアを彼女が開けてくれた。

「こちらが、お客様のお部屋でございます。ご自由にお使い下さい。ご不明の点がありましたら、ルーム・コンピュータにお尋ね下さい」

僕たちが中に入ると、彼女は通路を戻っていこうとする。

「ヴィリ・トレンメル氏は、どちらにいらっしゃるのですか？」僕は彼女にきいた。

「はい……」彼女は振り返り、頷いてから答えた。「急用ができたため、ただ今不在でございます。大変申し訳ありません。すぐに戻る予定です」

「そうですか、わかりました」

僕はドアを閉めた。客間は、奥行きのある広い部屋で、ベッドが二つあり、反対側には立派なキャビネット、奥には暖炉《だんろ》、それにソファや書棚があった。建物の正面側になるが、バルコニィもある。この部屋のほかに、クロゼット、それにバスルームがあって、いずれも高級ホテル並みに広かった。

ロジが、壁際を歩いて、チェックをしている間、僕はバルコニィに出て、外の景色を眺めた。どちらが、あの城跡になるのか、と考えた。方角から考えて、おおよその見当はつく。おそらく、むこうの方が標高が高いのではないか。ただ、奥へ入り森を越えたところになる。バルコニィの反対側だろう、と思った。とにかく、建物の周囲は、見渡すかぎり森のようだ。

部屋に戻ると、バスルームからロジが出てきた。ドレスを着ているから、少し珍しい非日常の光景といえる。

「カメラは、あそこに一台」ロジは、入口の高い位置を指差した。「集音もできるはずです。あまり、内緒の話はしない方が良いかもしれません」

「ルーム・コンピュータの付属装備なんじゃないかな」僕は言った。「ホテルに泊まったと思えば、ちょっとした旅行気分で、楽しくない?」

「楽しくはありませんね」ロジが口を尖らせる。「外は、いかがでした?」

「普通」僕は応える。「この建物は、いつ作られたのだろう。新しくはないね。周囲の森は、ナチュラルなものだと思うけれど」

「外に出てみますか?」ロジが言った。

「もう、出たよ」

「いえ、一階へ下りて、玄関からか、それとも、裏側からか、外へ出るという意味です。庭を見せてもらいましょう」

「どうして?」

「私、庭が好きなんです」ちょっと変わった口調でロジが答えた。

このわざとらしい演技は、見せかけのものだ。情報局員としての仕事をしたい、という意味にちがいない。部屋に閉じ籠《こ》もっているよりは、得られる情報量が多い、という判断だろう。

というわけで、すぐに部屋から出ることになった。

二階の通路のドアは、勝手に開けてはいけない雰囲気である。階段を下りていく途中で、玄関ホールを見下ろしたが、誰もいないようだった。静まり返っている。あのエプロン姿の二人がいたら、声をかけようと思っていたのだが。

玄関から外へ出ようと思ったが、ドアがロックされていて、開かなかった。どうやれば、ロックが解除されるのかわからない。ホールから床が下がっている部屋へ行くと、正面とは反対側に庭園が広がっているのが見えた。透明のドアが何枚も並んでいたからだ。外にはデッキがある。周囲に手摺《てす》りがあるが、途切れているところも見えた。

大きなガラス戸は、手で押すと軽くスライドした。僕たちは、デッキに出た。ロジがさきに進み出て、周囲を素早くスキャンした。この首の動きが、とてもドレスを着たレディらしくない。

こちらは、玄関とは反対側で、広い芝生のような緑が広がっていた。周辺はやはり森に囲まれているので、同じといえば同じ風景である。ただ、アプローチの道がないし、噴水も彫像もない。

手摺りが途切れているところから、三段のステップで、緑の芝生に下りることができる。芝は、おそらく人工のものだろう。とても静かで、見渡すかぎり、人の姿はない。それどころか、動くものがいなかった。これだけの庭園を管理するためには、ロボットなどが働いていても良さそうなものだ、と思ったが、週末だし、ゲストが来ているのだから、ということかもしれない。

デッキに椅子が置かれていたので、そこに腰掛けた。座るところに布のような薄い膜が張られた構造だった。ロジは、まだ手摺りの側に立って、周囲を見渡している。おそらく撮影か観測をしているのだろう。僕は、彼女のドレス姿をゆっくりと眺めることができた。

音がしたので振り返ると、エプロンの女性が戸を開けて出てきた。部屋へ案内してくれたのと同じ顔だ。どちらも中年で、背格好も同じだったし、顔も似ている。これでは、見分けがつかない。ロボットだろう、と僕は見極めた。真っ直ぐに僕を見つめて近づいてきたからだ。

「グアト様、お飲みものをお持ちしましょうか？　何がよろしいでしょうか？」

「では、熱いコーヒーを」僕は頼んだ。

女性は、ロジの方へ顔を向け、そちらへ近づこうとする。

「私はいりません」ロジが、その途中で断った。

一礼して、女性は引き下がり、部屋の中へ戻っていった。

「ロボットのようですね」ロジが近くへ来て囁いた。

「まるで、ヴァーチャルへ来たみたいな感じだね」僕は言った。「ヴァーチャルだと、人間もみんなロボットに見えるから」

「ここへ来て、二十分になります」ロジが言った。彼女は、時計を内蔵しているのだ。僕もメガネをかけているので、時刻は把握している。彼女が言ったのは、待たされていることへの不満だろうか。たしかに、呼び出しておいて、会えないのは、いささか問題があるとは思う。でも、べつに、嫌な思いをしているわけでもない。

「のんびりしていこう。バカンスだと思えば？」

「バカンス？」ロジが、顔を非対称に変形させた。

コーヒーを女性が運んできた。少し離れたところにあったテーブルが、自動的に近くへ移動してきた。その上にカップが置かれた。女性は無言で引き返していく。

僕はコーヒーのカップを手にした。良い香りがした。もう少し椅子がリクライニングになったら最高だな、と思った。

ロジは、一番近い椅子に腰掛けて脚を組んだ。スカートだったから、僕はそこに見入ってしまった。

彼女が手を伸ばしたので、コーヒーカップを手渡す。彼女は、それを一口飲んでから、小さく頷いて、僕に返した。

「何のために、ここへ呼ばれたのでしょうか？」ロジが言った。

「え、ああ……、そうだね、何のためだろう？」僕は応える。頭が回らない。「そうそう、私たちが会った、あの幽霊二人がここにいるのかな、という想像をしたけれど」

「私もしました。でも、いるのは、幽霊ではありません」

「じゃあ、人間？」

「そうですね、もしくは、ウォーカロン」

「どういうこと？　リンダとロベルトのウォーカロンを作らせた、と？」

「いえ、深く考えていません。どうして、ここに二人がいると想像したのですか？」

「位置が近いから」

「ここへ私たちを呼んで、もう一度幽霊を見せたかったのかもしれませんね」

「何のために？」

「もっと、噂を立ててほしいからです。話題になってほしい」

「どうして？　株が上がるから？　私たちを使わなくても、もっと人を雇って、それくらいの工作は簡単にできるんじゃないかな」

「私たちは、選ばれて、あそこへ行ったわけではありませんよね？」

「そうだと思う。偶然だね」

「ビーヤが話をしたのも、偶然ですよね?」

「まあ、そんなに、なにもかも疑わなくても……」僕は笑った。

「そうですね。悪い癖《くせ》ですね。つい……」ロジも無理に微笑んだ。彼女にしてみれば、職業上やむをえないことかもしれない。

「あの、このまま、ヴィリ・トレンメル氏に会えなかったら、どうしますか?」

「どうしますって、帰るだけじゃない?」僕は答えた。

8

コーヒーを飲んだあと、敷地《しきち》内を散策したが、誰にも会わなかった。玄関側へ回ってみたところ、リムジンはもう駐車されていなかった。あの大男も出かけたのかもしれない。あるいは、ヴィリ・トレンメルを迎えにいったのか。ガレージなのか、大きなシャッタが建物の横側にあったが、それは閉まっていた。

玄関のドアは開かなかったので、再び裏側へ回り、デッキのドアから中に入った。デッキに面した部屋には、ビリヤード台とダーツがあった。暇だったので、どちらもロジと少しだけ試してみた。いうまでもなく、どちらもロジにはかなわないことがわかった。特に、ダーツの腕前は凄い。情報局員の訓練に含まれているのではないか、と疑いたくなった。

二階の部屋に戻り、ルーム・コンピュータにいろいろ質問してみた。この建物についての歴史をまず質問した。

建設されたのは六十年ほどまえのことで、ヴィリ・トレンメルが個人的な目的で発注したものだった。建築家の名前を聞いたが、知らない名前だった。建物の名称は、オフィーリア荘というらしい。ロミオとジュリエットではなく、ハムレットか、と僕は思った。

あの城跡や、リンダとロベルトとの関係を尋ねると、無関係だ、とコンピュータは答えた。

「しかし、この土地は、もともと発電所を建造するためのものだったのでは？」僕は尋ねた。

「そのような情報はありません」コンピュータは答える。

「退屈なんですけれど、なにか面白いアトラクションはない？」ロジがきいた。馬鹿な振りをしているつもりらしい。

「室内では、カードゲーム、ルーレット、ビリヤード、ダーツ、ボウリングなどが楽しめます。また、屋外では、乗馬、クレィ射撃、テニスなどがお楽しみいただけます」

「じゃあ、クレィ射撃をやりましょう」ロジが言った。

「あまり、目新しくない気がするけれど」僕は、小さく呟いた。

一階のプレィルームに準備ができている、とのことだったので、再び階下へ下りていった。ビリヤードがあった部屋が、プレィルームらしい。

ワゴンに二丁のショットガンが置かれていた。そのワゴンが、デッキの先の場所から撃つ方向などをホログラムで説明した。僕には何のことかよくわからなかったが、ロジは理解できたようだ。

いちおう、一丁ずつガンを持って、外へ出た。弾はロジが持っている。彼女に弾の込め方を教えてもらい、装塡《そうてん》した。

「コールをしたら、銃を構えて、息を止めて待ちます。出てきたら、引き金をひいて、撃つだけです」ロジが簡単に言った。

ロジが叫んで、構えた。白いものが、少し先で斜めに飛び出した。彼女がそれを撃つ。ホログラムではなく、実際に円盤が飛んでいたみたいだ。それが砕《くだ》け散《ち》った。

次に、僕がやってみることになった。引き金に指を当てるだけで、鼓動が早くなった。皿のようなものが飛び出したが、焦点が合わない。撃ったときには、皿は地面に落ちたのか、見えなくなっていた。衝撃が躰に伝わり、反動の大きさに驚いた。

ロジが、ガンの構え方について、指導してくれた。弾も込めてもらい、二度めは、ちゃんと的を狙って撃つことができた。でも、まったく当たらない。どうして当たらないのかはわからない。

「面白いね」僕は、負け惜しみを言った。それほど面白くはない。どうして、これがスポーツや遊びとして成立するのか不可解だ。

　ロジは、百発百中のようだ。

「面白くないですね」彼女は呟いた。「近すぎます」

　ところで、ロジはドレスを着ているのだ。ショットガンを構えているときは、ちょっと異様な感じがした。そういえば、ロジは自分の銃を持ってきただろうか。たぶん、持っているだろう。どこに隠しているのか、と彼女のスカートを見てしまった。おそらく、一丁ではない。ブーツにも隠していたことがある。

　そのあと、乗馬をすることになった。これは、プレィルームで、コンピュータに話しかけたら実現した。デッキの近くまで、二頭の馬が歩いてきた。誰かが連れてきたのではない。馬が自分で来たのだ。もちろん、ロボットだろう。背中に乗るときに、屈《かが》んで低くなってくれる。本物の馬はこんなことはしない、とロジが教えてくれた。

　僕は、馬に乗るのは初めてだった。ロジがすぐ横を歩いてくれて、落ちないように気をつけて下さい、と注意された。そういう彼女は、ドレスで馬に跨《またが》っていて、これも目を見張る光景だった。彼女はまったく気にしていない様子である。

　どこかへ行けるというわけでもない。庭園の芝生を歩いて巡るだけだった。コントロールをしているようで、思うとおりには動かない。馬が自分で勝手に歩いているように思えた。手綱を摑んでいるので、それでコントロールをするらしいが、歩けと止まれ以外はよくわからない。しかし、クレィ射撃よりは幾分面白い。

少々疲れて、部屋に戻った。まだヴィリ・トレンメルは帰ってこないようだった。ベッドで横になっているうちに、少し眠ってしまい、目が覚めたら、ロジはバルコニィに出ていた。外を眺めていたようだ。

「遅いですね、もう、帰りませんか？」中に入ってきて、僕が起きていることに気づくと、彼女はそう言った。少なからず、苛立《いらだ》っている声である。

時刻は四時を少し回っていた。一時間近く寝ていたようだ。ルーム・コンピュータに、トレンメル氏はまだ帰らないのか、と尋ねると、説明の者が参ります、とのことだった。しばらくして、ドアがノックされ、返事をすると、エプロンの女性が入ってきた。僕たちに一礼する。最初に部屋に案内してくれた女性のような気がする。

「ヴィリ・トレンメルは、ただ今こちらへ向かっております。本当に申し訳ございません」彼女は頭を下げた。「ディナの準備をしております。どうか、今しばらくお待ち下さい」

夕食を一緒に、というのは、招待状にも書かれていたことだったので、僕たちはそのつもりで来ている。だから、特に問題はない。僕は、きっと珍しいご馳走が食べられるだろう、と期待していたくらいだ。ちょうど、適した空腹感もあったので、悪くないな、と思った。

一方、ロジは腹を立てているようだった。失礼じゃありませんか、というのが彼女の見解である。まあ、たしかにそうかもしれないが、ダーツとクレィ射撃と乗馬を楽しんだのだし、困るような思いも一切していない。ヴィリ・トレンメルと話をする方が退屈かもしれない、と思えるほどだ。

ロジは、自分の任務を意識しているのだろう。彼女は、この屋敷《やしき》の歴史や遊びの施設を調べにきたのではない。ヴィリ・トレンメル個人に関して、情報を収集することが使命なのだろう。彼が何を話すか、というのが、きっと日本の情報局にとっては最大の関心事なのである。

その後、また屋敷の中をうろつき、ビリヤードを少しだけした。この遊びは、物理学の実験に近いものだから、理屈では僕の方が上のはずだが、いかんせん、棒で玉を突く動作が思いどおりにできない。この部分を機械を使ってやれるようにしてもらいたいものだ、と思った。

外が暗くなってきた頃、女性が部屋に呼びにきた。いよいよらしい。

案内されて向かったのは、一階のプレィルームの反対側の、床が黄色の広い部屋だった。中央にテーブルが置かれ、照明がその上で灯《とも》っていた。食堂らしい。既に、テーブルの上に皿やナプキンが並んでいる。

「まもなく、ヴィリ・トレンメルが参ります」椅子を引きながら、女性が言った。僕は頷いて、そこに座った。

隣にロジが座る。ようやく、彼女のファッションに相応しい場面が到来したような気がする。

飲みものをきかれたので、ノンアルコールのワインを頼んだ。ロジも同じものにした。すぐにグラスとボトルが届き、女性が注いでくれた。

「主人は、まだですが、どうぞ、おさきに召し上がって下さい」と女性が一礼した。

僕たちは、ワインを飲んだ。もちろん、ロジが少しさきに飲み、彼女が小さく頷いてから、僕も飲んだ。家以外で食事をするときは、この習慣だ。もうそんな毒見の必要はない、と思えるのだが、ずっとこうだったので、自然にそうなってしまう。

オードブルが運ばれてきた。どうも、主人よりも食事の進行が優先されるようである。

「もうこうなったら、食事を楽しみましょう」ロジが顔を寄せて、僕に耳打ちした。その判断は正しいように、僕は思った。

9

僕とロジには、いつもより少し早い夕食だった。しかし、料理は申し分なく、滅多に味わえないデリケートな味覚を思い出した。説明を求めたところ、どれもナチュラルな食材で、しかも冷凍保存もされていない新鮮なものだという。これは驚きだった。そういった状態で運搬ができるのか、と問い返すと、少量だが、すぐ近くで生産されているとのこと。これらは、エプロンの女性が語ったのだが、明らかにコンピュータらしい緻密《ちみつ》な文法の返答だった。

ほとんど食べ終わった頃、ようやく、ヴィリ・トレンメルが食堂に姿を現した。

このまえとほとんど同じ服装に思えたが、ネクタイとスーツが少し違うかもしれない。髭は同じだし、杖も同じもののようだった。

「本当に申し訳ありません。隠居の身であるにもかかわらず、直前になって突然の呼立てがございました。どうしても断ることができない事情のものだったのです。ご招待をしておきながら、まことにお恥ずかしいかぎりです。どうかお許しいただきたいと存じます」

彼は、自分の席には着かず、僕たちの近くまで来て、深々と頭を下げた。

「いえ、全然かまいません。いろいろ楽しませてもらいました。料理も美味《おい》しくいただきました。ありがとうございます」僕は、彼と握手をした。

「そう言っていただけると、ほっといたします。感謝の念に堪えません。なにか、ご要望はありませんか。どんなことでも、言って下さい。この際ですから、なんでも、できることはいたします」

「いえ、お気遣いなく」僕は答えた。「この建物も興味深いものでしたし、クレィ射撃も乗馬も体験させていただきました。私にとって、初めてのことばかりです」

ヴィリ・トレンメルは、食事をしなかった。料理は、僕たちと同じものがテーブルに並んだが、ワインのグラスをときどき口に運んだだけで、料理には手をつけなかった。既に食事を済ませてきた、と彼は語った。おそらく、会食をする用事だったのだろう。要人が相手ではないか、とぼんやりと想像した。

この近辺の話、あるいはスポーツの話をしたあと、テーブルを離れ、同じ部屋にあるソファに移動した。暖炉で火が燃えていたが、驚いたことに本物の炎だった。

「是非、今夜は、お泊まりになっていって下さい。ゆっくりとお話がしたいし、明日は、私も時間が取れます。今日の埋め合わせをさせて下さい」

僕はロジの顔を見た。彼女は、僕をじっと見返した。これは、判断は貴方がして下さい、という目である。

「では、そうさせていただきます。でも、宿泊するつもりで来たのではありません」

「なにか、ご入用のものがありますか？　もちろん、通常のものはすべて用意されています。ホテルに泊まったおつもりで、自由にお使い下さい。奥様、いかがですか？　ご入用のものがございますか？」

「はい……」ロジは目を見開いた。ちょっと驚いたようだ。「いえ……、でも着替えを持ってきておりません」

「部屋着でしたら、お部屋にお届けしてございます。それ以外のものでしたら、ご希望のものを、すぐにお届けいたしますが」

これを聞いて、ロジはまた目を大きくした。

「いえ、けっこうです。部屋で着るものがあれば、充分です」

いったいどんな服が届いているのだろう。希望すればすぐに、という部分も、僕は不思議に思った。もしかして、服装をアウトプットするプリンタがあるのか。

このあと、ようやく、リンダとロベルトの話になった。ここへ来て、最も聞きたかった話である。

驚いたことに、ヴィリは、兄のロベルトのことを、よく覚えていない、と語った。幼少時に違う場所で育ったためだという。

「私とは、母が違うのです。兄は、父の前妻の子供でした。ですから、兄弟といっても、一緒に遊ぶような機会はありませんでした。また、リンダについても、私はまったく面識がありません。彼女の家のことも、のちに聞いて初めて知ったくらいで、どういう家なのか、トレンメル家とどんな関係だったかも詳しく知りませんでした。私は、そういったことに疎《うと》かったのです。もともと、兄が家を継ぐと決まっていましたので、私は自由気ままに育ちました。十代からイギリスへ留学しまして、帰国したときには、既にロベルトが失踪したあとでした。その後、父も亡くなり、兄はどうしても見つからないため、私が、当主となりました。ほかに兄弟はいなかったからです。私はスポーツに入れ込んでいて、そういった方面で自分の人生を計画しておりましたが、一切諦めることになりました。そのときは本当に絶望したものです」

「どんなスポーツですか？」ロジが尋ねた。

「いろいろやりましたが、一番ものになったのは、スキーですね。乗馬もクレィ射撃もやりました。スキーは、長距離です。オリンピックに出たことがあります」

「それは知りませんでした」僕は驚いた。もっとも、オリンピックというものを、ほとんど知らないのだが。彼がスポーツマンだった、ということが知れただけである。

「ロジさんは、射撃がお上手だそうですね」ヴィリが言った。

「はい、若いときに、少しだけですが経験があります」ロジは答えた。若いときとは、いつなのか、最近でも経験があるのだから、今も若いということか、と僕は心の中で囁いた。

「兄も、スポーツマンだったようです。彼は、格闘技の選手でした。レスリングです」

「そうですか。見た目ではわかりませんね」僕は言った。少なくとも、僕が見た人物から、そこまではわからない。

「この屋敷に、あの二人が住んでいるのではないか、という噂が立ち、マスコミから取材を申し込まれたことがあります。もちろん、お断りしました」ヴィリは、微笑んだ。「取材をしたら、幽霊を見つけられるのでしょうかね」

「幽霊だとは思っていない、ということでは？　幽霊というのは、住むものですか？」僕は、ジョークのつもりで言った。

「これだけ、科学技術が進歩したのですから、幽霊くらい作れるのではないか、と私は考えております」ヴィリが語った。「人間を作り出すよりは、多少難しいかもしれません。それ以前に、魂とは何か、意識とは何か、それが把握されないことには、霊を取り出すことができません。いかがですか？」

「そんな気がしますね。でも、人間が考えることは、脳の機能ですし、その機能は、今ではコンピュータが再現できるわけですから、つまり、そのコンピュータが、霊であるし、人間の記憶を持っていれば、魂になるような気がします」

「そう、とっくに実現している、ということですね？」ヴィリは、僕を上目遣いで見つめた。鋭い眼光であることに、ようやく僕は気づいた。やはり、一角《ひとかど》の人物だな、と改めて感じる。

それほど、話をした覚えもないし、話が弾んだわけでもない。途中で、トレンメル家の昔の写真を見せてもらったりして、昔話を聞くことになった。気がつくと、時刻は十時になっていた。こんなに時間が経過しているとは思わなかった。

僕たちは、礼を言って、彼と別れ、階段を上がり、二階の部屋へ向かった。ヴィリ・トレンメルは、ホールまで一緒に歩き、階段を見上げて頭を下げた。

部屋に入ると、ロジはシャワーを浴びると言って、バスルームに消えた。ドレスが窮屈だったのにちがいない、と僕は演算した。

ソファに座り、ぼんやりと窓ガラスに映った室内を見ていた。自分の姿がそこにあったからだ。

ところが、突然、鼓動が大きくなった。

バルコニィに動く影があった。

僕は、立ち上がり、そちらへ近づく。鍵《かぎ》がかかっているか、と咄嗟に考えた。

小さなものではない。大きな影だ。

何者かが、バルコニィの手摺りを越えて、外へ飛び出していった。

彼は、下へ落ちることなく、宙に浮いたまま、遠ざかっていった。

人間の形をしたものであることは、確かだった。

第2章　誰が霊を組み立てたの？　Who built the spirit?

頭に入れたものはずっとそこに残るから？

ああ。

でもいいんだパパ。

いいって？

もう頭の中にあるもの。

お前には見てほしくないんだ。

それでももうずっと残ってるよ。

1

バルコニィには、なかなか近づけなかった。怖かったからだ。それでも、息を殺してガラス戸まで近づき、外の様子を窺《うかが》った。

少なくとも、バルコニィには、誰もいないようだった。

その先は、なにも見えない。真っ暗闇だ。

庭園は、ライトアップされていない。建物内の照明が窓から僅《わず》かに漏れ出るのか、近くにはぼんやりとした明るさの広がりが認められる。噴水も彫像も、アプローチの道路も、ゲートも見えなかったし、もちろん、周囲の風景も消えて、どこからが空なのかもまったくわからなかった。月は出ていないようだ。星も、見た範囲にはなかった。曇っているためだろう。

こんな場所に、泥棒のような人物がやってくるとは思えない。しかし、それ以上に、覗《のぞ》き見《み》をする人物など、想定さえできない。それがしたかったら、もっと簡単な方法がある。人間の形をしている必要がない。

「どうしたんですか？」後ろから、突然話しかけられて、僕は驚いた。

振り返ると、黄色いウェアのロジが立っていた。

「わ、派手な格好をしているね」僕は、第一印象を口にしてしまった。

「何かあったのですか？」ロジが、自分の質問を優先しろ、という口調で言う。

「バルコニィに、誰か立っていた」

「誰が？　え、こちらを見ていたのですか？　どこへ行ったのですか？」

「誰かはわからない。こちらを見ていたように思う。僕が気づいて立ち上がったら、すっと、宙に浮かんだまま、遠ざかっていった」

「宙に浮かんだまま？」

「もう少し精確にいうと、バルコニィに立った、そのままの姿勢、そのままの高さを維持して、離れる方向へ移動した、という感じかな」

「そんなことできません。手摺りにぶつかるじゃないですか」

「そうだけれど、なんとなく、すうっと、すり抜けていったみたいな」

「こちらを見たまま、遠ざかったのですか？　向きも変えずに？」

「うーん、そうだね。まあ、でも、一瞬のことだったから……、ちょっとびっくりしてしまったし……」

ロジは、ガラス戸を開けた。バルコニィに出ていく。手摺りまで行って、辺りをじっと見回した。僕よりは、遠くが見えるし、暗闇《くらやみ》でも見えるはずだ。

「寒くない？」後ろから僕は声をかけた。

「ガラス戸を閉めて、中から、ソファの位置から見て下さい」ロジは冷静な口調である。

僕は、彼女の指示どおりにした。ソファに座り直して、バルコニィを見た。黄色いウェアのロジが立っている。手摺りはよく見えなかった。色が黒っぽいためだろう。

ガラス戸を開けて、ロジに中に入るように促した。

「その服、どうしたの？」

「寝間着のようです」ロジが部屋に入ってから答えた。「バスルームの中にありました。もう一着ありますよ。グアトも着ることになります。色は赤っぽいオレンジ色ですけれど」

「あそう、そうなったら、ちょっと恥ずかしいね」

「どうしてですか？」

「今、外を見て思ったけれど、遠ざかったのではなく、その場で小さくなったのかもしれない」僕は、実験結果についての考察を述べた。「手摺りの手前のままだったんだ。それが、遠ざかっていくように見えた。宙に浮いているように見えたのは、同じ位置で小さくなったからだ。ようするに錯覚だね」

「ホログラムだったのですね？」

「その可能性が最も高い。しかし、ホログラムは自然現象ではない。誰かが意図的に出したものだ、私に見せようとした」

「目的は？」

「さあね。私を驚かそうとした、というくらいしか思いつかないけれど、私を驚かして、なにか利益があるだろうか。私の株が下がる？　それで、誰が得をする？　そこがわからない」

「その意図が、危険ですね。驚かすだけでしたら、良いのですが、なんらかの警告にもなっていません」

「そうだね。警告されたとは感じない。あるとしたら、この場を立ち去れ、くらいかな。

だけど、もう夜も更けているし……」

「クルマで来ていたら、すぐに帰るところですけれど」

その後、しばらくバルコニィを気にしていたが、なにも起こらなかった。ロジは、再びバルコニィに出て、周辺を調べていた。ホログラムを発生させるような光源がないか、と探したのだ。しかし、探せる範囲には、それらしいものは見つからなかった。可能性があるとしたら、もっと高い位置から投影されたものだったか、あるいは、光源が収納できるような仕掛けがあったかだろう、と僕は考えた。

僕もシャワーを浴びて、オレンジ色のウェアを着た。スーツに比べれば、ずっと動きやすい。このまま帰りたいくらいだ。ロジも、きっと同じだろう。あのドレスは、少なくとも、リラックスできるファッションではない。

ロジはソファの上で、膝を抱えて座っていた。たぶん、通信ができないから、退屈なのだろう。いうまでもなく、盗聴などの情報漏洩《ろうえい》の危険があるためだ。

「現れなかった?」僕は、バルコニィを眺めながら尋ねた。

「はい。私も驚かしてもらいたいのに」ロジは答える。「ところで、その人物は、男性でしたか?」

「わからない。どちらともいえない。でも、うーん、顔はこちらを向いていたように思う。目が合ったようにも思う」

「ロベルトではなかったのですね？」

「ロベルトだったかもしれない」僕は答える。「本当に、短い時間のことだから」

僕は、メガネもかけていなかった。裸眼で見たのだ。焦点が合うまでに、時間がかかるというのが、僕の目の特徴である。あまり高機能の目ではない。

「念のために、窓側のベッドを、私が使います」

「そのガラス戸の鍵は、大丈夫そう？」

「メカニカルなものですね。大丈夫だと思いますけれど。でも、その気になれば、ガラスを割ってでも入ってこられるはず」

「怖いな」僕はそう言ったものの、さほど心配ではなかった。「そうだ、コンピュータに相談してみようか？」

「どちらでも、同じだと思いますけれど」

「あるいは、ヴィリ・トレンメルに連絡するとかは？」

「彼が仕掛けたという可能性が最も高いのに？」ロジが、棒読みのように言った。

「何だろう、悪戯かな？　私たちが悲鳴を上げるのを、どこかで見て楽しむという趣向だろうか？」

「悲鳴を上げました？」

「いや、上げていない」

「私も、悲鳴って、上げたことがありません。発声練習をしておかないと、上げられませんよね」

面白かったので、僕は少し笑ってしまった。

その後は、クレィ射撃や乗馬の話をしたあと、ベッドで眠ってしまった。

僕は、だいたいどこでも寝られる人間だ。考えごとが頭から離れず眠れない、という夢なら見たことがある。でも、長時間眠れないという不健康に陥ったことはなかった。情報局で働くようになったとき、ほんの短期間だけ、慣れない生活に対するストレスを感じたことはあったけれど、医者に相談しても、大したことではない、という診断だった。

いつもよりは、活動的な一日だったように思う。運動をしたせいだ。ホログラム騒ぎは、もうどうでも良かった。心地良い疲労感が、僕を睡眠へ滑《なめ》らかに引き込んだ。

2

誰かに呼ばれているみたいだった。

目を覚ますと、ロジがすぐ近くにいる。顔が近い。

「また出ました」ロジが耳許《みみもと》で囁いた。

「何が？」と尋ねたものの、ほとんど声にならなかった。

ロジは、ベッドの横で姿勢を低くしている。僕は、明るいものを見た。ロジの顔の横、彼女の後方だ。明るいのはそこだけだった。

部屋は、照明が落とされている。明るいのは外だった。

バルコニィだ。まだ朝ではない。背景は暗闇。しかし、バルコニィに光を発する雲のようなものがあった。

煙かもしれない、しかし、そういった動きではない。

「気配がしたので、起きたら、あれが……」ロジが囁く。冷静な口調だ。

「煙のようだけれど」

ベッドの上で、僕は起き上がっていた。

光るものは、虹色《にじいろ》だった。

動きは遅く、少しずつ変化する。大きさも、そして明るさも。

その光が、室内の壁にも映っていた。

音はしない。

静かだった。

スペクトルのようなもの。綺麗ではある。

ロジも腰を上げ、僕のベッドに腰掛けた。

「単なるアトラクションですか」彼女は、また囁いた。

「だったら、部屋の中でやってくれた方が面白い」僕は強がりを言った。中に入ってきたら、もっとびっくりしたかもしれない。

その点で、節度のある現象だった。驚かさないように慎ましく光っているように見える。もし、幽霊というものがあるのなら、非常に礼儀正しい、といえるかもしれない。

「何時?」僕はロジに尋ねた。

「二時半です」

真夜中だ。何だろう、意図的なものなのか、それとも、なにかの偶然で発生した現象なのか。僕たちに関係があるものだろうか、それとも、無視しておけば良いのか。

「外で光っているものは何?」僕は、普通の音量で声を出した。ルーム・コンピュータに反応させるためだ。

「外で光っているものはありません」静かな口調で、コンピュータが答えた。

「おやおや、では、私たちにしか見えないのかな」僕は呟いた。

「いえ、私のカメラには捉えられています」ロジが囁く。彼女が映像を記録している、という意味らしい。ロジは、客観的な観測ができるのだ。

「部屋の中に入ってもよろしいでしょうか?」女性の声が聞こえた。

突然のことだった。僕は、ロジが声色を使った、と思った。彼女の顔を見る。ロジも、僕を見つめていた。

「誰?」僕は小声できいた。僕を見ていたロジは、首を横に細かくふる。

「私は、リンダです」同じ声が聞こえる。

どこから聞こえる声だろう、と周辺を見た。ロジも天井や壁を見ている。センサでスキャンしているようだ。

「入ってことは、今は、外にいるんだね?」僕は尋ねた。それくらいしか、言葉を思いつかなかった。

「バルコニィで光っているように見えるものが、私です」

「そうなんだ」僕は、思わず笑いたくなった。この会話は何だ、と自問したくなる。「どうして、部屋に入れないの? 戸が閉まっているから?」

「そうではありません。許可を得たいと思いました」

「許可って、私たちの?」僕はきいた。

「はい」

「かまわないよ。入ってきたら」僕は答えた。入ってくるところが見たい、というのが正直なところだ。

すると、光は窓ガラスをすり抜けて、室内に移動した。ロジが、僕を守るためか、ベッドに乗って、僕の前に出ようとした。

「大丈夫だよ」僕は、ロジの肩に触れて言った。

「でも……」ロジは、光る方を見つめている様子で、顔は見えない。

光は、僕の足の先、ベッドと壁の間で止まった。さきほどよりも、少し明るくなったようだ。形を変え、人間の顔になった。大きさとしては、一メートルほどある。実物の四倍くらいだ。それが、宙に浮いている。

全体に虹色で、変化している。目や髪がどんな色なのかはわからない。立体的な造形というか、煙がその形になっているように、あるいは、煙の中に投影されているようにも見えた。

「驚かせてしまったかもしれません。お詫《わ》びいたします」

その顔が、声に合わせて動いた。口が動き、目を閉じた。その目が再び開き、僕の方を見つめる。

「リンダって、言ったけれど、えっと……、このまえ、城跡で悲鳴を上げた人？」僕は尋ねた。

「それは、私ではありません。私は、ここから離れることができません」

「君は、そもそも何？　どんなもの？　コンピュータ？　トランスファ？　それとも、それ以外？」

「私は、この家に生まれました。私は、自分が何者であるかを知りません。私には、ここしかなく、外に出ることはできません」

「さっき、外にいたでしょう？」ロジがきいた。

「この敷地から外に出られない、という意味です」

「城跡は、敷地外なんだ」僕は言う。「あの……、君以外に、ここには誰かいる？」

「私だけです。私は、ずっと一人です」

「いつから、ここにいるの？」

「時間の認識を始めたのが、五十年ほどまえのことになります。それ以前からも存在していましたが、学習するだけで、自分というものを、客観的に見つめることがありませんでした」

「えっと、数時間まえに、バルコニィに現れたのは、君？」

「いいえ。私ではありません」

「誰かいたんだよ。うーん、今みたいな顔ではなくて、人間の形をしていた。大きさも人間と同じくらいに見えた」

「私ではありません」

「今、これは、どうやっているの？　君はどうやって光っているのかな？　エネルギィは何？」

「私にはわかりません。このような現象を発生させられるようになったのは、最近のことです。どういった仕組みで、これができるのか、私にはわかりません。ただ、念じることで、このようになる、と学びました」

「念じる」僕は言葉を繰り返した。どういう意味なのか、具体的に想像もつかない。

「君は、ルーム・コンピュータではない？」僕はきいた。

「それは違います」

「ルーム・コンピュータの見解は？」僕はきいた。

「現在、何が起こっているのか、把握できません」これは、ルーム・コンピュータの声だった。

「音源は同じです」ロジが、僕に囁いた。

「リンダ、君は、私たちを見ているんだね？　どうやって見ているの？」

「私にはわかりません。でも、見えることは確かです」

「たぶん、あそこで見ているんだ」僕は、入口の方の壁を指差した。ルーム・コンピュータは、そこのカメラで状況を把握しているはず。

「私は、どうやって見ているのでしょうか。それが私にはわかりません。私は、言葉を話していますが、どうしてこの言葉を覚えたのか、説明ができません。私は、いつどこから来たのかもわかりません。そんな疑問が、日に日に大きくなります。こうして出てきたのも、そのことについて、少しでもお話をしたかったからです。わかっていることを教えて下さい」

「君は、ヴィリ・トレンメルを知っている?」

「もちろん知っています。この家は、彼のものです。私は、彼と話をしたことがあります」

「なるほど。では、ロベルトは? ロベルト・トレンメルは知っている?」

「ヴィリ・トレンメルの兄です。会ったことはありません。その方は、行方不明です」

3

リンダは、十分ほど話したあと、消えた。文字どおり、照明が切れるように、彼女はいなくなった。最後の挨拶というものもなく、話の途中だったけれど、ふっと途切れてしまい、再び出てこなくなった。スイッチが切られた、といった印象である。

部屋は、暗闇に戻った。僕とロジは、二分間くらい黙っていた。また、リンダが現れる、と思っていたからだ。

「どう思う?」僕が、さきに口をきいた。

「整理がつきません」ロジが答える。彼女は、僕のベッドの上に座っている。

「うーん、想像だけれど……、あれは、つまり人工知能だよね。そうとしか考えられない」

「もしそうなら、どこかに本体があるはずです。この家のコンピュータの中に生まれた、ということでしょうか」

「ここから出られないというのは、ネットワークへのアクセス権がない、外の信号が見られない、というくらいの意味だろうけれど、それを誰が設定したのか、という問題になる」

「それよりも、どうして、リンダなのですか？」

「それも、誰かが、そう設定したということだろうね」僕は答えた。「彼女は、学習し、自覚をするに至った。それが可能な、相当高度な知性だ。だから、高い能力のコンピュータがなければ、実現できない」

「幽霊を、誰かが作った、ということですね？」

「うーん、そこまではわからない。データが少なすぎる」

「ロベルトも出てきてくれないと、駄目ですね」

「そのうち出てくるかも」僕は溜息をついた。「しかし、城跡で出会った二人は、何だったのだろう。あれは、ホログラムではない。見間違えたとは思えない」

「その確信はあります」

「あと、ヴィリ・トレンメルと話をしたことがある、と言っていた。ヴィリは、それを認めるかな。リンダのことを、彼はどうして話さなかったのだろう？」

「言いたくないからでは？」

「私たちは、彼にリンダのことを話した方が良いかな？」

「わかりません。私たちはゲストです。迷惑をかけるわけにはいきません。この家のことを詮索《せんさく》したいとも思いません。知らない振りをしたまま、ここを出ていく。そして、これっきりにする」

「それがベスト？」僕は念を押した。

「はい」ロジは一度小さく頷いた。「ただ、私には、些細《ささい》な使命があります。どうしたものか、今は判断に迷っています。とりあえず、寝ましょう。明日の朝になって考えたいと思います」

ロジは、僕に顔を近づけて、軽く口づけをしたあと、自分のベッドへ移動した。

僕は、枕《まくら》に頭をつけ、横向きになった。目を瞑ったけれど、今もリンダの顔が見えるようだった。

明るくなったら、部屋の周囲をもう一度調べ直した方が良いだろう。きっと、ロジがそれをするはずだ。それから、ルーム・コンピュータに、もう少し事情を問《と》い質《ただ》したい。あとは、ヴィリ・トレンメルに話をするかどうか……。

この屋敷のどこかに、スーパ・コンピュータが設置されているだろう。リンダの話したことが、台本のあるフィクションではないとするなら、相当な演算能力のあるコンピュータがなければ、あれは再現できない。

限られた世界で、あのような自覚が生まれるものだろうか。自分が何者かわからない。ボディもない。それでも、念じることで、リアルに影響を与える方法を編み出したというのか。

ときどき、この屋敷を訪れるゲストに対して、姿を見せていたのだろうか。

まるで幽霊ではないか。

念じるという行為が、呪いのようにイメージされた。

次に目覚めたときには、リアルの朝だった。バルコニィは輝かしく、既に太陽が高いところにあった。

ロジはもう起きていて、既にドレスに着替えていた。あの黄色のウェア姿は、今や僕の記憶だけのヴァーチャルになった、というわけだ。

「よく眠れた」僕は呟いた。「わりと良い眠りだったかもしれない。幽霊が出たにもかかわらず」

「私もいつもどおりです」ロジは澄ました表情だ。「あれくらいのことで動じていては、世間は渡っていけません」

明らかに、これは彼女なりのジョークである。僕は鼻から息を漏らした。ルーム・コンピュータが、一階の食堂で朝食の準備が整っています、と告げた。僕は、急いでバスルームへ行き、顔を洗ったのち、着替えをした。

「さて、どうする？」バスルームから出ていき、ロジに尋ねた。

「朝食をいただきましょう」ロジが答える。「なにもなかったことにしますか？」

「それをきいているんだよ。やっぱり、起こったことを話した方が、むこうの反応が見られて良い、と思えてきた」

「私も、どちらかというと、そちらです」

一階の食堂で、ヴィリ・トレンメルが待っていた。コーヒーを飲んでいるところのようだった。挨拶をして、着席する。

「なにか、不自由はございませんでしたか？」

「昨夜、二つ少し不思議なことがありました。一つは、大したことありません。見たのは私だけです」

バルコニィに人の姿が現れた、という話をした。ヴィリ・トレンメルは黙って僕の話を聞いていた。

そこへ、コーヒーが運ばれてきたので、さっそく、ロジが一口飲み、僕も味わった。頭が冴《さ》え渡《わた》るような感覚になれた。それくらい、美味しい香りだった。ナチュラルな豆を挽《ひ》いて淹れたものにちがいない。

「もう一つは、深夜の二時半頃のことです。リンダさんが、私たちの部屋にやってきました」

「やってきた？　入ってきたのですか？」さすがに、ヴィリ・トレンメルは驚いた様子だった。

「ええ、そうです。それで、十分ほどでしょうか、話をしました。訪問の時刻は異例とは思いますが、不愉快な思いは一切しておりません。彼女はとても礼儀正しく、話も理路整然としていました。信頼できる人格だと認識いたしました」

「そのまえに、バルコニィにいたのも、リンダだったのですか？」

「わかりません。私は、どちらかというと、男性だと思いました。女性だったら、服装や髪型などから、気づいたと思います」

「それで、リンダは、どこからやってきたのですか？」

「最初は、光だけで、バルコニィにいましたが、入っても良いかと尋ねられたので、返事をすると、部屋の中に入ってきました。ガラス戸をすり抜けて、部屋の中へ来ました」

ヴィリは、眉根を寄せ、僕からロジに視線を移した。

「グアトさんがおっしゃっていることは、夢の話のように聞こえますが……」

「いえ、私が、彼を起こしたのです。リンダさんの話を私も聞きました。会話をしました。ご自分から、リンダだと名乗られたのです」

「それで、その彼女は、どうしたのですか？」ヴィリがきいた。

「話をしたあと、突然消えました」僕が答える。「そのあと、私たちはまた寝直した、というわけです」

「そうですか……、それは、なんとも……」ヴィリは、両手を合わせ、天井を見上げる視線になった。「奇妙なお話ですね」

料理が運ばれてきた。パンとスープ、それにサラダである。卵の焼き方をきかれたので、適当に、と答えた。キッチンがどこにあるのかがわかった。そちらへ、女性は戻っていく。良い香りが漂っていた。

「奇妙というよりも、不自然かもしれません」僕は、パンを一口食べて、スープを飲んでから話した。「リンダは、人間ではありません。私たちが見たのは、ホログラムでした。彼女は顔だけでした。なんらかの知性が、演出したものです。それは、この屋敷にあるコンピュータだと思いますが、お心当たりはありませんか？」

「ああ、なるほど、そういうことですか。ようやく、筋が見えてきました」ヴィリは、微笑んだ。「コンピュータはございます。この屋敷を管理しているもので、ここで働いているロボットやウォーカロンを統括しております。セキュリティなども任せてあります。私は、その方面のことは、それほど詳しくありませんが、もし、ご覧になりたいのでしたら……」

「是非、拝見したいと思います」僕は頷いた。「どこにあるのでしょうか？」

「あとで、ご案内いたしましょう」

卵とソーセージが運ばれてきた。しばらく、黙ってこれを食べた。

「今日は、どうなさいますか？　私は午後から、また、ちょっとした用事ができてしまい、出かけなければならなくなりました」

「私たちは、午前中にお暇《いとま》したいと思います。コンピュータを見せていただいてから、ですが」僕は答えた。

「わかりました。それでは、クルマで送らせましょう。もちろん、いつまで滞在していただいても、こちらはまったくかまいません。一人でいると、話し相手が欲しいものです」

「また、来てもよろしいですか？」意外なことにロジが尋ねた。

「もちろんですよ」ヴィリは微笑んだ。「なにか、気に入ったものがありましたか？」

「射撃が、またしたいと思います」ロジが作ったような可愛《かわい》らしい声で答えた。

4

食事のあと、食堂にエプロンの女性が二人入ってきた。洋服を吊るしたキャスタ付きのハンガを二人で引いて、僕たちの近くまで来る。六着の女性ものの服が、吊るされていた。どれも、上下のセットである。

「ロジさんに、お詫びをするために用意しました」ヴィリ・トレンメルが言った。

「え、私にですか?」ロジは驚いた。「そんな、とんでもない……、私は、着るものを持っています。今も、着ています」

「お約束を破った償いです。もう買ってしまったので、どうか受け取っていただきたい。高いものではありません。私からのプレゼントです」

ロジは、僕を見た。

「一着くらい良いんじゃない。選んだら」僕は言った。

六着のうち半分がスカートだった。たぶん、ロジはそれらを選ばないだろう。彼女は、そちらを見ない。

「あの、もらうわけにはいきません」ロジは、ヴィリに言った。「一着だけ、購入させて下さい。ここでお支払いします」

「私の希望を叶《かな》えさせていただけないでしょうか?」老人は頭を下げた。

「困ったなあ」ロジが小声で呟く。また、僕をじっと見た。どうにかして下さい、と言いたげな顔だ。

「その一番右のにしたら? 似合うと思うよ。面積が小さい?」

「面積?」ロジが顔をしかめた。「そんなことききていません」

「あ、いえいえ、選ぶ必要はありません。六着全部受け取って下さい」老人は微笑んだ。

「私には、不要のものです。この屋敷には、人間は私一人なのですから」

押し問答を続けるわけにもいかず、そのまま引き下がり、僕たちは、一旦部屋に戻った。

「駄目ですよ、謂《いわ》れのないものをもらったりしたら」ドアを閉めるなり、ロジが僕に詰め寄った。

「謂れは、あるよ。彼は、君が苛立っていたことを見抜いていたんだ。苛立った君が、原因だといえなくもない」

「そんな言い方ってありますか?」ロジの口調が強くなった。

ドアがノックされた。

返事をすると、エプロンの女性がドアを開けて一礼した。

「お召しものをお持ちいたしました」

通路にもう一人いて、二人で六着の洋服を持ってきたようだ。僕とロジは黙っていた。二人は、それらをクロゼットに入れたあと、お辞儀をして、部屋から出ていった。

「収賄になるかもしれません」ロジが呟いた。相当怒っている様子である。

ロジは、たしかに国家公務員である。立場上、贈答の類には敏感なのかもしれない。しかし、お詫びの印としてプレゼントされたのだから、一着くらいはもらっておけば良いのではないか、と僕は考えた。六着全部持って帰るのは、多少問題かもしれない、と感じる程度だ。

結局、ロジは着替えなかった。それでは、気に入ったものがなかった、と誤解されるのではないか、と僕は心配になった。

このあと、僕はソファに座って、世間の報道を見ていた。事件らしきものもない、平和な日のようだ。もちろん、近所で幽霊騒ぎなどもない。ロジはバスルームにいたが、出てきて、僕の前を通り、バルコニィへ出た。まだ、もちろんベージュのドレスのままである。その服装で日常生活を送っても、それほど不自然ではないような気持ちに、僕はなった。多少、昔風というだけだ。僕もバルコニィに出ることにした。

「そもそも、ファッションというものが、ヴァーチャルだったんだね」僕はふと思いついて、ロジに話した。「人間の装いというのは、ファッションもそうだし、たとえば、建築物や、それから地位や、グループや、あるいは武器とか、国とか、団結とか、全部がヴァーチャルだったんだ。そうやって、自分を別のものであるかのように意図的に錯覚して、一時の夢を見たんだよ」

「これだけ、あらゆるものがヴァーチャルにシフトしているのに、リアルの世界では、どれもがまだ残っているのが、不思議に思います」ロジが言った。「銃だって、そうですよね。こんなもの、持っている必要があるというのが、とても古臭い感覚ですよね」

「名残《なごり》なんじゃないかな。今は、過渡期なんだと思う。いや、人間も社会も必ず、今は過渡期だって、常に意識しつつ変化していて、それでも、がらりと変わることはない。じわじわと連続的にシフトして、でも、必ず過去のものが消えずに残っていて、あるときには、リバイバルにもなって、懐古趣味にもなって、戻ったり、やっぱりまた消えていったりしているような気がする」

「それでも、裸で歩くわけにいきませんから」ロジが微笑んだ。

どうやら、機嫌が直った様子である。

しばらくして、女性が一人迎えにきて、僕とロジは、ヴィリ・トレンメルの書斎へ案内された。同じ二階の反対側の端の部屋だった。

非常に広いスペースを、書棚が取り囲んでいた。棚の切れ目に縦長の細い窓がある。中央の少し奥に大きなデスクがあって、そこが彼の仕事場のようだった。

「コンピュータというのは、それです」ヴィリ・トレンメルがデスクの上を指差した。

デスクの端に、十センチ立方の赤い箱がのっていた。模様もなく、凸凹もない。滑らかな表面で、オブジェのように見える。スイッチらしきものも、メータも換気のグリッドもなかった。材質は金属製に見える。角や辺の部分がシャープだった。

「いや、それは、小さいですね」思わず言葉が漏れてしまった。「スーパ・コンピュータではないと思います」

「でも、これが私が使っているものです。性能はそこそこです。スーパではありません。

能力的には、これで充分です」

「うーん、どうかな……」僕は、その赤い箱を見つめて、腕組みをした。「これ、いつから、ここで稼働していますか?」

「十年くらいまえからですね。まえのものが古くなったので廃棄して、交換しました」ヴィリは答えた。

「まえのものは、どんなコンピュータですか?」

「だいたい、同じスペックのものです。これよりは、ひとまわり大きかったと思いますが」

「これは、人と話ができますか?」

「話? ああ、会話ですか。いいえ、できません」ヴィリは首をふった。「機械と話をするような趣味が、私にはありませんので」

許可を得て、その箱を持ち上げてみた。かなり重い。三キログラムだろうか。ケーブルなどはつながっていない。電源はデスクから供給されているようだ。置き場所が決まっているらしく、正方形の印があった。僕はそれを、元の位置に戻した。

「そのリンダという存在は、このコンピュータの中にいる、ということですか?」ヴィリがきいた。

「いいえ、ちょっと、わかりません。精密な検査をしないと判明しないと思います。少なくとも、測定器が必要です。信号の出入りを記録し、分析すれば、わかります」

「それをする価値がある、と思われますか?」老人は尋ねた。

「わかりません」僕は首をふった。「リンダが、それを望んでいるかどうかにもよります し、また、リンダを探したい人がいるかどうかにもよります。私は、単なる第三者でしか ありません」

「わかりました。ありがとうございます」ヴィリは、軽く頭を下げた。「これから、どう されますか? なにか、スポーツを楽しまれては?」

僕は振り返って、ロジを見た。僕から三メートルほど後ろに立っていた。

「もう一度、クレィ射撃をしましょう」彼女は、可愛らしい口調で言った。少女のような しゃべり方だ。

「それは、けっこう。お楽しみ下さい。私は、あと一時間ほどで、出かけなければなりま せん」

「お昼まえには、失礼したいと思っています」僕は言った。おそらく、それがロジの本心 だからだ。もう一度、彼女を見ると、満足そうに眼差しを返してきた。

「では、お見送りできないかもしれませんね。運転手には、玄関前で待つように指示して おきます。いつでもけっこうです。それに、またお会いできることを楽しみにしておりま す」彼は、にこやかな表情で頭を下げた。「ごきげんよう」

5

一度部屋に戻り、小休止のあと、部屋を出て、一階へ下りていった。プレィルームで、クレィ射撃をしたい、と呟くと、一分ほどして、ショットガンを二丁載せたワゴンが現れた。どこに収納されているのか、と覗きにいくと、シャッタが上がったままの倉庫のようなスペースがあった。照明が灯っていないので、中が暗くてよく見えなかった。機械には、照度は必要ない。

僕とロジは一丁ずつガンを持ってデッキへ出ていった。

「これは、普通の銃なの?」僕はロジに尋ねた。

「違います。ゲーム用に調整されたものです。実際には、もっと音が大きいし、反動も大きくなります。でも、そうですね、半分くらいの出力でしょうか」

「皿を割るのなら、これで充分だけれど、実際には、目標は皿ではないわけだ」

「野生の鳥を撃ったのだと思います。今では、許されない行為になりましたが」

このほか、散弾の仕組みなどをロジから聞いた。武器に関する彼女の知識は、尋常ではない。もちろん、趣味ではなく、彼女はプロなのだ。

今日は一発くらい命中させたい、と密《ひそ》かに意気込んでいたが、結局一回も皿は割れなかった。一方のロジは、すべてを割った。

途中から、僕はベンチに座って、彼女が撃つのを眺めることにした。これまで、ロジが銃を撃つシーンを何度見たことだろう。それでも、こんなにリラックスして、椅子に座ったままで見られるような場面は一度もなかった。今回が初めてだ。

後方から、拍手が聞こえてきた。

振り返ると、デッキにヴィリ・トレンメルが立っていた。片手を上げ、そのあと、お辞儀をした。どうやら出かける時刻らしい。僕も立ち上がって一礼した。銃を構えていたロジも、こちらを向いた。

ヴィリが建物の中へ消えるのを待って、ロジが僕のところへ近づいてきた。

「あと、四発撃ったら、帰りましょう」彼女は囁いた。

「不思議だね。そんなに好きなら、ヴァーチャルでも撃ちまくれば良いのに」

「撃ちまくっています」

「あ、そうなんだ」僕は頷いた。「主人が留守になった邸宅にいるというのは、あまり気持ちの良いものではないから、もう帰ろう」

ドレス姿のロジがショットガンを構える精悍《せいかん》な姿を、数分だけ見ていた。皿は連続して割れた。天才ではないか、と思ったが、昨日それを言ったら、これは本来の距離よりも近いし、皿も大きい。そういう簡単な設定になっている、おそらく、初心者に自信をつけさせるためのものだろう、とのことだった。僕は、改めて落ち込んだのである。

ロジが最後の的を砕き、深呼吸したあと、僕のところへ近寄る、その途中だった。

銃声が聞こえた。

どこからとは、わからなかった。

銃声かどうかも、もちろん判断できない。ただ、今までずっと聞いていた音に似ていたので、銃声だと思っただけのこと。ロジは、建物の方角をじっと見た。真剣な眼差しだった。

「何だろう？」僕は囁いた。

「わかりません。建物の中ではありませんね。そんな籠もった音ではなかった。玄関の方かもしれません」

二人とも、ガンを持ったまま、デッキまで戻り、そのあとプレイルームで、ワゴンの上にガンを置いた。弾は全部使ってしまったので、これは武器としては使用できない。何故か、そんなことを僕は考えた。

家の中は静かだった。誰もいない。動きはない。女性のロボットたちも、姿が見えなかった。

ロジのあとについていく。いつの間にか、ロジは片手に拳銃《けんじゅう》を握っていた。どこから取り出したのか、見逃してしまった。

玄関まで来た。ドアは閉まっていて、開かなかった。

ドアのガラス窓から、外が見える。

リムジンが近くに駐車されている。それが邪魔になって、広い範囲が見えなかった。

「誰か、倒れています」ロジが言った。冷静な声だが、速い口調だった。

移動してみたが、よく見えない。

「このドアを開けて」ロジが大きな声で言った。

「このドアは、ヴィリ・トレンメル氏がロックしました。緊急事態でなければ、解除できません」

「緊急事態です」ロジが叫ぶ。

「ロックを解除します」コンピュータが答える。

これも、ヴィリのデスクの上の赤いサイコロが管理しているのだろうか、と僕は考えていた。

ドアが解錠され、僕たちは玄関から外に出ることができた。リムジンを迂回して、噴水の方へロジが走っていく。

二十メートル以上先だった。倒れているのは、黒いスーツを着た男性のようだ。片手に拳銃を握っていた。そこはタイル張りだったが、彼が倒れている手前には、赤い液体が溜《た》まっていた。それが、どこから流れ出ているのかわからない。

ロジが、反対側から近づき、跪《ひざまず》いて確かめた。顔を覗き込み、その頭の付近に片手を翳《かざ》した。なにか測定しているようだ。

「ヴィリ・トレンメル氏です。心肺停止」彼女はそう言いながら、顳顬《こめかみ》に指を当てて立ち上がった。「警察を呼びます。緊急連絡、男性が頭を銃で撃たれて倒れているのを発見、至急救助を要請します」

僕は、老人の周辺を見回した。リムジンとヴィリを結ぶ直線の途中に、彼の杖が落ちていた。リムジンからヴィリまでは約二十メートルで、杖はリムジンから五メートルほどの位置である。

「自分で頭を撃ち抜いたようです」僕の近くに戻ってきて、ロジが囁いた。「少なくとも、現況はそう観察されます。銃声は、あの拳銃だったのでしょう」

「自殺したってこと?」僕は驚いた。「そんな馬鹿な」

なにしろ、僕たちに笑顔で挨拶をしたばかりだ。

「そうですね、私も疑問に思います。弾は貫通していません。近距離なら、ああはならないような気もします。頭にカーボンファイバのフレームを入れていれば、べつですが」

「入れていたかもしれない」

ロジが言ったのは、ジョークではない。そういった手術をする人はいる。危険な仕事に従事していたり、一部のスポーツをする人たちだ。

「リムジンに乗ろうとしていたのかな」僕は振り返って、大きなクルマを見た。「あれは、僕たちが帰るときのためかな?」

「違います。私たちが乗ったものとは、別のクルマです」ロジが指摘する。

「え、そう?」僕は、もう一度クルマを見た。同じような黒い大型車だ。気づかなかった。「じゃあ、あれで、仕事に出かけるところだった。でも、クルマから離れて、こちらへ歩いた。途中で杖を落とした。慌てていたのかもしれない。そして、ここで倒れた。自分の頭を撃ったにしては、うん、やや不自然な行動かも」

「運転手はいなかったのでしょうか」ロジが周囲を見回した。

とても、静かだった。なにも動いていない。太陽は高い位置にある。風はほとんど吹いていない。運転手の大男は、どうしたのだろう?

玄関の方から、小さな音が聞こえた。

僕たちは、そちらを見た。

女性が二人、外へ出てきた。エプロンをしている二人だ。

こちらへゆっくりと近づいてくる。

「どうかしましたか?」一人が、僕にきいた。

「ご覧のとおりです」僕は、倒れているヴィリ・トレンメルの方へ片手を示した。

二人は、そちらを見ようとしなかった。僕をじっと見つめている。黙って、さらに近づこうとした。

「あの、ちょっと、待って」僕は後退した。

「止まれ！」ロジが叫んだ。僕の前に出て、銃口を向けた。「動くな！」

二人は、笑顔のままで、まったくロジに視線を向けない。

軽い炸裂《さくれつ》音が鳴る。ロジが撃ったのだ。地面へ向けた一発だった。

だが、二人に変化はない。ロジも後退した。

「それ以上近づいたら、撃ちます」ロジが銃口を上げる。

突然、一人がロジに飛びかかった。ロジは地面に倒れながら、銃を撃った。

もう一人は、僕の方へ歩み寄る。僕はさらに後退する。

「グアト、伏せて！」ロジが叫んだ。

僕は身を屈める。

目前に迫っていた女性の頭が破裂した。

僕は、反対側へ顔を向けて、すぐに立ち上がった。とにかく、ロジの方へ走る。

ロジの前にも、一人倒れていた。目を開けたままで、空気が漏れる音が続いている。腰のあたりからは、緑のオイルが漏れ出て、湯気を上げ始めた。

「どうしたんだろう。暴走したのかな」僕は言った。「あるいは、トランスファか」

「ここを離れましょう」ロジが言った。「急いで」

ていますʼ」

「でも、警察が来るんじゃあ？」僕は言った。「トレンメルさんを残しては行けない」

「警察には連絡ができませんでした」ロジが早口で言った。「あらゆるネットが遮断されています」

「なにかの、妨害？　トランスファかな」

「異常事態だと思われます。極めて危険です。ここを離れましょう。少し離れれば、連絡ができます」ロジは、ヴィリ・トレンメルを見た。「彼を救うためにも」

「でも、どうやって？」

「リムジンを運転してみます」ロジが答える。

ロジは、玄関の方へ走った。彼女を追いつつ、僕はヴィリ・トレンメルの杖を拾い上げる。なにかの役に立ちそうな予感がしたからだ。

ロジが運転席に乗り込んだ。ドアは開いたままだ。彼女は、幾つか操作をした。

「旧式ですね」ロジが呟く。そして、エンジンを始動した。「旧式の機械の方が、今は安全でしょう」

トランスファの影響を受けにくいという意味だが、それはどうかな、と僕は心配になった。今どき、そんな機械があるだろうか。

エンジンは唸った。ロジのクルマと同じだ。たしかに、僕たちを迎えにきたリムジンは、こんなエンジンではなかった。静かに走っていたからだ。ヴィリ・トレンメルは、自分用のリムジンには、クラシックカーを採用していた、ということらしい。

「乗って下さい！」ロジが指示する。

急いで、反対側へ回り、助手席のドアを開けて乗り込んだ。その直後に、リムジンは急発進した。僕は慌てて、シートベルトを探した。

タイヤがスリップしたのか、横に少しスライドしたように感じた。僕は、サイドの取手に掴まった。加速度を感じ、クルマは突進する。噴水のロータリィ、ヴィリ・トレンメルが倒れている場所の反対側を巡って、ゲートへ向かった。しかし、しばらく前進したあと急停車。もう少しでダッシュボードに躰をぶつけるところだった。

ゲートが閉まっていたのだ。

「駄目だ。どうする？」

「シートベルトをして下さい」

「は？」

「ベルトを締めて」ロジが僕を見た。

リムジンのエンジンが唸った。周囲に砂煙が立ち込める。クルマはバックした。

僕はベルトをようやく締めることができた。

「まさか、突っ込むつもり？」僕はきく。

「あの程度なら、壊せると思います」ロジが言った。ゲートの鉄柵《てっさく》の形状のことらしい。

目分量で行う判断ではない、と思った。

「無理だって……」

6

急加速し、再び前進、ゲートへ向かう。

正面に鋼鉄製のゲートが近づいてくる。

リムジンのボンネットは長い。ぶつかるのは、三メートルほど先ではある。

突っ込んだ。僕は腕で顔を隠した。

思ったほどの衝撃ではなかった。というのも、ゲートが幾分下がったからだ。破壊されたのではなく、少し開いた状態になった。クルマの重量が効いているのかもしれない。

「もう一度やります」ロジは、後ろを振り返ろうとした。といっても後ろは見えない。彼女はモニタを見て、クルマをバックさせた。

なるほど、こういうことをロジは考えていたのか、と感心した。鋼鉄製のゲート自体ではなく、彼女が壊せると判断したのは、蝶番《ちょうつがい》と開閉のためのアクチュエータのことだったのだ。

同じくらいの距離を取って、クルマはゲートに向かって再度突進する。

大きな音を立てて、ぶつかった。

ゲートをまた少し押し開けたようだ。だが、まだ外へ出られるほどの幅が開いていない。ロジはアクセルを踏み込み、エンジンは唸りを上げたが、クルマは前進できなかった。

突然、僕とロジの間に腕が現れた。

大きな腕だ。

僕は、ドアの方へ仰《の》け反《ぞ》った。

一本ではない。ロジの向こう側からも腕が飛び出し、彼女の首を掴んだ。

ロジは、その腕を振《ふ》り解《ほど》こうと踠《もが》く。

後ろに誰か乗っているのだ。あの大男か。

僕は、持っていた杖を、腕が開けた穴の隙間《すきま》へ差し入れた。

手応《てごた》えがあった。片腕が彼女から離れた。ロジは頭を下げ、もう一方の腕を振り解く。

彼女は、素早く後ろを振り返り、銃を向けて撃った。

運転席と後部の境は、吸音のスチロールとアルミ製のようだった。

腕は引っ込み、静かになった。

ロジは、ドアを開けてクルマの外へ飛び出した。

僕も杖を引き抜いてから、ドアを急いで開けて、外に出た。

後部のウィンドウは光を反射して、中がよく見えない。もともと、見えないから、そこに人が乗っていることに気づかなかったのだ。

「彼は、ウォーカロンだろう」僕は、クルマの前を回っていき、ロジに言った。「トランスファにコントロールされている可能性が高い」

「致命傷を与えたとは思えません」ロジは銃を構えた姿勢のままだった。「下がっていて下さい。ドアを開けます」

「ゲートから外へ出られる。歩いて逃げよう」僕は提案した。

「その手はありますね」ロジは言った。「でも、彼がどうなったか確かめないと」

ロジは、リムジンの後部ドアに手をかける。

僕は、向こう側から出てくるのでは、と考え、下がった位置から気にしていた。

しかし、そこでドアが勢い良く開いた。

金属音が鳴り、銃が弾《はじ》き飛《と》ばされる。

ロジも後方へ倒れた。

大男が飛び出し、ロジに襲いかかった。両手を彼女の首に押しつける。ロジは脚を上げて彼を何度も蹴《け》った。

僕は彼に背後から近づき、杖を振り下ろす。頭に当たった。

しかし、杖は弾かれる。

もう一度、頭に向けて、思い切り振り下ろした。

今度は、少しだけ、頭がこちらを向いた。男が僕を睨《にら》む。その額から、細い血が流れるのが見えた。

ロジは、男の手首を両手で摑んでいた。

彼女は、その片手を離し、脚を曲げて、そちらへ伸ばした。

足首のホルダから、別の銃を引き抜こうとしているのだ。

僕は、三度めのフル・スウィングを試みた。少し方向を変えて、斜めに杖をぶつけた。

首筋を狙ったつもりだった。ところが、これを、男は片手で受け止めた。

杖の先を握られる。引っ張ったが、離さない。

僕は、今度はそれを押そうとした。男は杖を捻《ひね》り上げようとする。杖は、曲がる。折れそうになる。

しかし、そこで急に男の力が緩んだ。

どうしたのだろう?

僕は、ロジの脚を見た。彼女の手が、ホルダに届く。

ボタンを外し、銃を引き抜いた。

その手は、スカートの中へ。

スカートの中が一瞬光った。同時に、スカートが膨《ふく》らんだ。

男は、立ち上がるような姿勢に一瞬なったあと、後方へ倒れる。

音を立てて、地面に落ちた。

ロジが躰を横へ回転させ、起き上がった。地面に落ちていた最初の銃を素早く拾うと、それを男へ向けて構えた。

男は、仰向けに倒れていたが、まだ動いている。息をしている。

ロボットではない。ウォーカロンだろう。だとすれば、もう動けないのではないか。

「話ができるか？」ロジが、銃を向けたまま尋ねた。

男は、答えない。目も開けていない。

「クルマへ」ロジが、僕に言った。

僕は、リムジンの反対側へ回り、助手席に乗り込んだ。まだ杖を持っていた。手が、それを強く握り締め、汗をかいていることに気づき、ようやく、その手を開くことができた。

ロジは、最後まで男に銃を向けたまま、後部のドアを閉め、こちらへ来て、運転席に飛び乗った。

エンジンはまだ回っていた。

ロジは、ギアをシフトさせる。

リムジンは再びバック。

倒れたままの男が前に見えた。

リムジンは、その横をダッシュする。四度めだ。

今度は、金属音だけが鳴り、衝撃はなく、そのまま前進した。ゲートを抜けたのだ。

ロジは、後方のモニタを気にしていた。誰も追ってこない。

森の中を抜ける道路を、真っ直ぐに突っ走った。

一本道をしばらく走り続ける。

「あ、連絡がつきました」ロジが言った。彼女は、片手を顳顬に当てた。「ヴィリ・トレンメル氏の別荘です。私たちは、たった今脱出しました。ロボットが暴走して、襲いかかってきました。はい、できるだけ早く、お願いします」

ロジはクルマを停車させた。まだ私道の途中だったが、前方に道路が見えた。そこは村の幹線道路である。モニタに地図も表示されていた。

ロジは、深呼吸をした。

「大丈夫？　怪我はない？」僕は尋ねた。

「擦《かす》り傷なら」彼女は答える。「私のことですよね？」

「もちろん。トレンメル氏も、あの運転手も、助かるだろう」

「あぁ……」ロジは、大きく溜息をついた。「酷《ひど》いことになりましたね」

「そうだね。うーん、でも、いったい誰が、何をしようとしたんだろう?」
「リンダが、ロボットとウォーカロンをコントロールしたのでしょうか」ロジが言った。
「あの館《やかた》には、もうリンダしか残っていないのでは?」

7

数分して、救急車と警察のクルマが到着した。ロジは、それまでに二丁の銃を仕舞っていた。どちらもスカートの中のようだった。ただ、銃を使用した痕跡《こんせき》は明らかなので、警察に対して説明が必要となるだろう。

識別信号のやり取りをしたのち、警察のクルマと救急車は、別荘の方へ向かった。僕たちのリムジンはそのまま。警察のクルマは一台だけが残った。

そのうち、コミュータが近づいてきて、降りてきたのはカジュアルな服装の男性だった。知った顔である。ブラウアという名前を思い出した。今日は制服ではない。

「私は、今日は休暇でした」ブラウアが言った。「大丈夫でしたか? 幽霊と格闘をしたのですか?」

「わかりません。幽霊は出ましたけれど、格闘したのは、ロボットとウォーカロンです」僕は答える。「ロボットは、あの家で働いていましたし、ウォーカロンは、ヴィリ・トレンメル氏のボディガードか運転手だった人です」

「どうして、襲われたのですか?」

「さあ、どうしてでしょう」それは、こちらがききたい。「でも、正気ではなかった、と思います。コミュニケーションが取れず、突然襲いかかってきました」

「このリムジンで、逃げようと、ゲートを壊して脱出したんです」ロジがつけ加えた。「屋敷の中、あの敷地内では、外部と連絡ができませんでした。警察に通報したのですが、届かなかった。通信障害ではなく、なんらかの妨害信号によるものだと思われます」

「奥さん、詳しいですね」ブラウアは驚いたようだ。

「はい、あの、以前にセキュリティの会社で働いていたことがあります」ロジが、口調を変えて誤魔化した。

「怪我をされていますね。病院へお送りしましょう」

「いえ、大丈夫です」ロジは片手を広げる。「それよりも、送ってもらえるなら、自宅へお願いします」

「ええ、もちろん」ブラウアは微笑んだ。

コミュータに乗り込み、すぐに出発となった。クルマは自動運転である。ブラウアは、幽霊騒ぎの件で担当になった、と僕たちに話した。

「屋敷で幽霊に会った、というのは? 話を詳しく聞かせてもらえませんか」彼は言った。

「幽霊というよりは、ホログラムでした」僕は事情を話した。「リンダさんの顔だけのホログラムで、顔だけが、四倍くらい大きくて、目の前に現れたんです。それも、夜中の二時半です。ただ、恨みごとは、なにも言いませんでした。あれは、コンピュータがやったことだと思います」

「今日の騒動も、同じコンピュータの仕業《しわざ》だと思いますか?」ブラウアが尋ねる。

「それは、わかりません。屋敷には、どこかに年代物のコンピュータがあるのではないでしょうか。トレンメル氏に、書斎にあった小さなコンピュータを見せてもらいましたけれど、あれではないと思います」

「幽霊については、それだけですか? 男性の方は、出ませんでしたか?」

「ロベルトですか……、しっかりとは見ていませんが、ほんのちょっと、ガラス戸の外に人影が見えて、すぐに小さくなりました。あれも、ホログラムでしょうね」僕は答える。

「そちらは、男性だったようだ、というくらいにしか見ていません。短い時間だったので」

「やはり、ホログラムですか」ブラウアは頷いた。「あの城跡で目撃されている幽霊も、ほとんどの証言は、ホログラムだと推定されます。光源は、どこにでも隠せますからね。ただ、グアトさんが会ったという一人だけが、距離が近いし、会話もしている点で、ほかのものとは異質です」

「あれは、実像ですよ。人間かウォーカロンです。ロボットかもしれませんが、そうだとしたら、非常に高性能のロボットです。幽霊にしておくのが惜しいくらい」

「目撃者は、どんな感じの幽霊を見ているのですか?」ロジが尋ねた。

「まず、距離が離れています。それから、時刻は夜間が多い」ブラウアが答える。「昼間のものも少数ありますが……、ああ、そうだ、馬に乗っていた、という目撃情報もありますね」

「馬に?」僕はきいた。「それは、一頭の馬に、二人が乗っていた、ということですか?」

「違います。それぞれが馬に乗っていた。馬も二頭いた、ということです」

「茶色の馬ですか?」

「いえ、そこまでは……。どうかしましたか?」

「あの別荘にも、馬がいました」ロジが答えた。

「そうですか。馬というのは、今どき、珍しいですからね」ブラウアが額に指を当てた。

考え込んでいる様子である。

「ロボットですよ」僕はつけ加えた。

自宅に到着した。ブラウアは、すぐに引き返して現場を見てくる、と言って去っていった。

ロジは、バスルームに直行し、しばらく出てこなかった。怪我の治療をしているのかもしれない。

僕は、コーヒーを淹れて、ソファでそれを飲んだ。そのときになって、ヴィリ・トレンメルの杖を持ってきてしまったことに気づいた。手に馴染んでいたのだろうか。

ロジが出てきた。普段の彼女のファッションに戻っていた。怪我のことを尋ねると、明日か明後日《あさって》には全快する、と答えた。僕は杖の話をした。

「警察から連絡があって、ヴィリ・トレンメルさんは、蘇生《そせい》したそうです。意識も戻る可能性が高い、良好な状態だそうです。回復されたら、お見舞いにいきましょうか。杖は、そのときに返すのがよろしいのでは?」

「そうだね。良かった、頭を撃ち抜いたんだから、重傷のように思えたけれど。大量の出血だったし」

「彼を撃った銃は、射撃の練習に使われていたものだそうです。クレィのショットガンと同じように、出力が制限されていたのだと思います」

「誰が撃ったか、本人が見ているだろうから、重要な参考人だね」

「容疑者は、少ないと思います。あの運転手が、第一候補でしょうけれど」

「うん。リムジンの近くで撃とうとして、トレンメルさんは逃げた。それを追っていって撃った。倒れたあと、銃を手に握らせたんだね」

「そのあと、リムジンの後部座席に隠れていたのですね。私たちを襲うつもりだったんでしょう」

「いや、そうかな……。襲うつもりなら、銃を手放さなかったはずだよ。彼は武器を持っていなかった。でも、まさか私たちがリムジンで強行突破するとは演算していなかった、といったところじゃないかな」

「たしかに……、トランスファのコントロールにしては、最適化されていません。いきなり、後ろから首を絞めてきたのですから」

「コンピュータとしては、幼稚だということだね。もしかして、あの赤いサイコロが、やったことだろうか」

「つまり、リンダだということですね」ロジが言った。彼女は、自分の首に手を当てていた。ときどき、頭を回し、首の具合を確かめている。

「医者に見てもらった方が良いのでは？」僕は言った。

「大丈夫だと思います。あとで、痛くなりそうですけれど」

夕方頃には、ブラウアから連絡があった。警察がトレンメルの別荘を捜索した結果だった。屋敷は完全な無人で、施錠もされていなかった。各部屋を回っただけで、詳しい捜索は実施されていない。トレンメル家の関係者の正式な許可が必要で、その申請をしているところらしい。また、屋敷の周辺にも不審なものはなかったという。

家の仕事をしていたロボット二体は、破損。またゲートの付近で、ウォーカロンが一人確保された。彼は怪我をしていたが、命に別状はないそうである。警察が聴取したが、ヴィリ・トレンメルが銃で撃たれたこと、さらにゲストの二人を襲ったことについても、まったく身に覚えがない、と話しているという。自分が、どうして怪我をしたのかも、記憶がないそうだ。

運転手のウォーカロンは、屋敷の地下にある車庫のすぐ隣に住んでいる。そこへは、建物の横にあるシャッタから出入りできる。彼は、普段は庭の管理をしているらしい。

こういった状況から推察できるのは、やはりトランスファの仕業である、ということだった。その痕跡を確かめるためには、トレンメルの別荘に設置されたルータなどの機器の履歴を調べる必要がある。できるだけ早急に、データを押さえた方が良いのだが、プライベートな場所であり、当主がまだ話のできる状態ではない。警察もだが、ロジもやきもきしている様子である。

彼女は、ドイツの情報局に相談を持ちかけている。これまで、何人か知合いになった人物がいるので、その伝手《つて》を使ったようだ。日本の情報局を通すと、余計な先入観が混じり、面倒なことになりかねない、と彼女は話した。

その結果わかったことだが、トレンメル家の関連グループのうち、電子情報のマネージメント業務の大手企業が存在する。本社はアメリカだが、三十年まえに、トレンメルの電力会社がこれを吸収した。ヴァーチャルとリアル間を往来する通貨を扱い、同時に、ヴァーチャル界の金融政策をリードするシンクタンクとしても有名な会社らしい。ヴィリ・トレンメル自身が、現在もその会社のトップの地位にある。引退したなどと話していたが、少々事情が異なるようだ。

「それほどの人物が、あの小さなコンピュータしか使っていなかった、というのは、ちょっと不自然だね。もっと、高性能なスーパ・コンピュータの一台や二台、あそこにあってもおかしくない。もちろん、あの場所ではないかもしれない。その場合、直結する端末が存在するはずだね」

「現役なのですね。それほどの人物が、一人で別荘へ来ていたというのは、ちょっと不自然な気がします」ロジが別の方面から指摘した。「プライベートだったのかもしれませんけれど、それでも、急用で出かけていらっしゃいましたよね」

「ヴァーチャルの会社だと、そんなものかもしれないよ」僕は言った。

8

三日後の水曜日に、警察や病院の許可が下りて、僕たちは、ヴィリ・トレンメルと面会することができた。

病院は、都会の中心だったので、僕たちはコミュータを呼んだ。片道一時間ほどの距離だった。高層の建物で、六十五階。病室の前には警官が三人、そのほかにも、関係者らしき数人が近くのベンチにいて、僕たちをじろりと睨んだ。

予《あらかじ》め連絡をしておいたので、すぐに彼に会うことができた。ベッドで横になっていたが、上半身を少し起こすように、ベッドが角度を変えた。部屋には、看護のロボットがいるだけだった。

「助けていただいたことに感謝しております」ヴィリは微笑んだ。

片目は包帯を巻いているし、頭もプラスティックのカバーが覆っていた。

「ご気分は、いかがですか?」僕は尋ねた。

「以前よりも、良好です」彼は答える。「また、少し若返ることになるのでしょうね、気が進みませんが」

「あ、これを……」僕は、持参した杖を差し出した。「うっかり持って帰ってしまいました。それに、振り回したりもしたので、傷がついたかもしれません」

「ありがとうございます。これが使えるように、早く歩けるようになりたいものです」

「何があったのですか? 銃で撃ったのは、誰だったのですか?」僕は質問した。ロジから、まずそれをきいてくれ、と頼まれていた質問だった。

「警察にも話しましたが、どうも、記憶が飛んでいまして、家の玄関を出たところまでしか思い出せないのです。医者は、そういうものだ、と話しています」

「そうですね、彼女も、そうでした」僕はロジを振り返った。

「はい。ちょっとした事故に遭ったのですが、決定的な瞬間は記憶がありませんでした」

事故ではない。彼女は銃で撃たれたことがあるのだ。それも、僕の目の前で。あのとき僕は、彼女が死んだと思った。

「運転手や家政婦が、異常な行動を取ったと聞き及びました。前夜のリンダの幽霊のことといい、多大なご迷惑をおかけしてしまい、本当に申し訳ありません。ロジさんは、怪我をされたそうですね」

「全然、大したことはありません」ロジは首をふった。「警察の方が、オーバに話したのだと思います」

「そうですか。でも、運転手を撃退されたのは、ロジさんだったとか」

「たまたま、護身用の銃を持っていたからです。そのステッキで、グアトが何度も叩《たた》きました。その隙に、私が撃ちました」

「この償いは、必ずいたします。どうか、ご気分を害されないように、心よりお願いいたします」

「どうして、あのような、その……、暴走というのですか、異常な事態になったのでしょうか？」僕は尋ねた。

「おそらくは、トランスファだと思います」老人は言った。「ご存知ないかもしれませんが、ネットや機器の中に潜むウィルス系のプログラムです。ある程度の知性も持っています。目的を達成するために、周辺の機器を操作し、ときに破壊行為に及ぶことがあります。世界中で問題になっているものです」

「それが、ロボットや運転手を狂わせた、ということですか?」僕は、知らない振りをして尋ねた。

「運転手はウォーカロンですが、あれは軍隊上がりの者でして、躰は有機でも、頭はほとんどコンピュータ、つまりロボットでした。ロボットの場合、完全に乗っ取られてしまうようです。トランスファの対策をしていれば、こんなことにならなかったのですが、まさか、こんなプライベートな場所まで攻撃してくるとは思いませんでした。防御が手薄だったことは、私の落ち度です。まことに申し訳ない」

「もしかして、リンダや、それから、城跡で目撃されている幽霊も、そのトランスファの仕業でしょうか?」

「そうかもしれません。彼らがやることは、目的がよくわからない。そういう例が極めて多いのです。むこうには、むこうの事情や理屈があるようなのですが、それが、こちらの感覚では、まったく不可解に思える、ということが多々ありまして……」

「幽霊には、幽霊の事情があるのでしょうね」僕は、頷いた。

「しかし、グアトさんが会ったという男性は、別だと思います。その一例だけが、私は気になっていました。それで、貴方に会いにいったのです」

「ええ、あれは、誰だったのでしょうか。少なくとも、リアルに存在する誰かだということは、確かだと思いますが」

ヴィリ・トレンメルは、警察に対して、別荘の捜索を許可した、と話した。

「それを、言ってきたのは、昨日のことです。今日あたり、大々的に調べていることでしょう。なにか出てくるでしょうか」老人は穏やかな目で微笑んだ。「私に疾《やま》しいところはありませんので、徹底的に調べていただきたい。リンダという幽霊がどうして出現したのか、原因を突き止めてもらいたい、と考えています」

病室を辞去し、病院の通路を歩いていく途中、ブラウアに出会った。今日は制服を着ている。

「ちょっと、よろしいですか？」彼は、僕たちを、少し離れたところにある談話スペースへ誘った。ベンチがあったが、三人とも座らなかった。「昨日から、トレンメル氏の別荘を調べているのですが、実は、不審なものが見つかりました。今から、トレンメル氏に事情を伺いにいくところです」

「何が見つかったのですか？」僕は尋ねた。

「地下の居室に、男ものの靴がありました。その部屋は、あの運転手、えっと、彼はボブという名だそうですが、彼が生活していた場所です。地下には、ガレージと、道具置き場、倉庫などがあって、ボイラ室もあります。ボブは、そこに住んでいたのですが、明らかに、その靴は彼には小さすぎる」

「どんな靴ですか?」僕は尋ねた。

「これです」ブラウアは、ポケットから端末を取り出し、僕にホログラムを見せてくれた。それは、茶色の革靴だった。比較的綺麗な状態だが、新品ではない。「いかがですか? 見覚えがありませんか?」

「私が? どうしてですか?」僕は、そう言ってから、気がついた。「そうか、ロベルトが履いていなかったか、ということですか?」

「そのとおりです」ブラウアは頷いた。

「いや、無理ですね」僕は首をふった。苦笑していたかもしれない。「靴なんか、見ていませんよ。だいたい、服装だって、はっきりと覚えていないくらいです」

「ラフな服装ですか? それともフォーマルでしたか?」

「うーん、そうですね、なんとなく、きちんとした格好をしていたような気がします。スーツだったかな。ジャンパとかセータではない。だから、サンダルとかではなかったでしょうね。靴を履いていたはずです。ハイキングにきていたようには、感じませんでしたから」

「科学分析を行っています。土の上を歩いた跡があります。草の細胞も見つかっています。城跡の付近を歩いていた男かもしれません」

「運転手に、きいてみました？」

「はい」ブラウアは頷いた。当然だ、という表情だ。「友達だと話しています。名前は、マルコというそうです。でも、ほとんど会話をしたことがない。どこの誰かは知らない。ときどきやってきて、泊まっていくこともある、でも、また出ていってしまい、何日も戻ってこないとか……」

「あの別荘には、周囲に柵があるのでは？　出入りができるのですか？」

「できるみたいです。裏の門がありますが、そこは手を突っ込んで、閂《かんぬき》を開けられます。その裏の出入口からすぐのところに、あの城跡へ行く道があります。人が歩けるだけの道ですけれど、城跡まで、三十分くらいでしょうか。その裏門を通らなくても、柵が壊れている箇所が、裏門のすぐ近くにありました。どこからでも、出入りできたようです」

「その人は、何をしているのですか？」ロジがきいた。

「さあ……、おそらく、なにもしていない。何をして暮らしているのか知りませんが、方々を転々としている、いわゆる浮浪者だと思われます」

「運転手に、ロベルトの写真を見せましたか？」僕は尋ねた。

「はい、見せました。でも、マルコとは似ていない、と言っています」ブラウアは口を斜めにした。「マルコが写っているものがあれば良いのですが、地下室にはカメラもありません。裏口の防犯カメラを調べましたが、人が通る映像は見つけられませんでした。別のところ……、たぶん、その壊れているところから出入りしているようです。現在、この謎の人物を追って、捜査中です」

「リンダの方は？」ロジがきいた。「私たちが見た、あの悲鳴を上げた女性は、実在しないのでしょうか？　ロベルトがいるなら、彼女も、いるかもしれません」

「警察としては、リンダはホログラムではないかと考えていますが」

「馬に乗っているのを目撃されているのですよね」僕は尋ねる。「あ、そうだ、馬は調べましたか？」

「調べました。ロボットです。異状はありません。メモリィは分析中です」

「馬は、暴《あば》れませんでしたか？　トランスファが馬をコントロールしなかったのは、どうしてでしょうね」

「馬も、地下にいました。ガレージの片隅《かたすみ》になります。もう一台、一回り小さいリムジンがありました。あとは、芝刈りや、草刈りを行う機械くらいです」

「リンダは、現れませんか？」僕は、念のために尋ねた。

ブラウアは、無言で首を横にふった。

9

その後、マルコは発見されていない。

　僕とロジは、普段の生活に戻った。警察が自宅へ来たいと言ってきたが、それを断り、町の警察署に出向いた。このときは、トレンメルの別荘であったことを、もう一度詳しく話してほしい、と言われ、二人で思い出し、補い合いながら話した。正式な記録になるらしい。

　ヴィリ・トレンメルからは、ちょっとした額の賠償金が支払われる、との連絡が裁判所を通じてあった。しかし、ロジはそれを受け取らない、と答えた。この種のことに対して、彼女は少々潔癖《けっぺき》すぎる、と僕は評価しているけれど、悪くはない。自分が思うとおりにすれば良い、とロジには話した。

　僕はまた、オーロラに会った。

　地中深くの穴を螺旋《らせん》階段で下りていったところに、川のように水が流れていた。そこの岸辺だった。照明はなく、とても暗い。でも、彼女の姿が見えないというわけではなかった。

「奇妙なところですね」僕は言った。「古代人が、生活していたとか？」

「そんなところです。鍾乳洞《しょうにゅうどう》でしょう」

ヴァーチャルなので、成立ちも理由は自由である。僕は、近くの岩に腰掛けた。濡《ぬ》れていたかもしれないが、不具合はない。このような割切りが、ヴァーチャルに馴染めない証左といえるだろう。

「ヴィリ・トレンメル氏の別荘は、こちらにもあります」

「こちらとは？」

「この近くのようです。もうすぐ、お二人を招待されることと思います。その根回しを、彼はしている様子です。私にも、願い出が届きました。どうして、直接伝えないのでしょうか、というのが私の立場です。そのとおりでは？」

「そのとおりです」僕は答える。

「でも、ロジが行きたがるかどうかは、わかりません。本局は、彼女に行ってほしい、と考えていますか？」

「私は関知していません。たしかに、トレンメル氏の関連グループは、最近ではヴァーチャルに重心を置いている様子です。なにしろ、安上がりですからね。彼は、発電所の施設内にスーパ・コンピュータを何基か建造し、膨大なメモリィとそのバックアップシステムを維持しています。こうしたリアルでの活動が、ヴァーチャルにおける彼の権限を増大させたことは確かといえましょう。リアルとヴァーチャルの橋渡しにも積極的です。両者の間のコミュニケーション、あるいは価値の変換に付随する手数料として、従来のものより、破格の設定をして成功を収めました。僅かな手数料でも、一挙に大量の流通を受注することになり、企業として発展を遂げました。これもやはり、リアルの設備投資が効いた結果ということです。先見の明があったと評価できるかもしれませんが、それは、多くの人工知能が予測していたことです。偶然、それに合致した行動を、人間としていち早く実行した、というのが彼の功績といえます。まだ、ヴィリ・トレンメル氏が三十代の頃の業績です」

「お兄さんが行方不明になって、グループの代表になった。その後すぐに、それを実行した、ということ？」

「時期的に、そうなります」オーロラは頷いた。「若い頃から、さきを見る目があった。その能力があったということかと思われます。ですから、トレンメル家としては、事業が拡大し、現在のようなトップ企業に上り詰めることができ、多くの関係者が、ヴィリ・トレンメル個人を評価しています」

「優秀なブレインがいたのでしょうね」僕は呟いた。

「やはり、そう考えますか？」オーロラは微笑む。「世間ではあまり聞かれない分析ですが、私の演算では、貴方がおっしゃったとおりの予想が導かれます」

「それで、調べたのですね？」僕はきいた。オーロラの口調から、それが読めた。

「はい。恐れ入ります」オーロラは軽く頭を下げた。「兄のロベルトは、秀才でした。学力では、弟のヴィリよりもはるかに高い。試験などの結果には、明らかな差がありました。入学した大学も、ロベルトは一流、ヴィリは、浪人をして、結局はイギリスへ留学をしました。彼はスポーツに打ち込むようになり、勉強は諦めていたようです。ですから、その当時は、ロベルトがグループを率いる才能として相応しい、と周囲は考えていたことでしょう」

「まあ、学歴だけでは、わかりませんけれどね」僕は言った。「人それぞれ、得意な方向性は異なっている。それに、どこで、いつ開花するかもわからない。たまたま、ヴィリは、若いときに責任のある立場から遠ざかって、のびのびと世間を見ることができた、それが、結果として優れた思想なり、方針なりに結びついた、ということかもしれません」

「そうおっしゃる方は多いようですが、客観的には、確率は低いと思われます」

「それはまた、身も蓋《ふた》もない」

「演算によれば、その頃に、有力なブレインと出会い、陰《かげ》のサポートを受けた、という可能性の方が、現実的かと」

「なるほど……、その候補がいますか?」

「いいえ。そういった陰の人物として、適当な該当者が見当たりません。百数十年近くの時間が経過していながら、誰も表に出てこないことは、非常に稀《まれ》なこと、まさに奇跡といえます」

「それは、感慨深い。貴女《あなた》の口から、その言葉が出るとは、思いもしなかった」僕は、微笑んだ。

「いえ、私なりに奇跡の確率を定量化して、この表現を使っております。確率的に一万分の一以下、ということです。いかがですか、奇跡としては、やや甘い数字でしょうか？」

「いや、人間の場合は、その十倍、うーん、もっと、百倍か千倍くらいでも、使いますよ。ちょっと珍しい、くらいの意味でしかありません。さきほど、警察から、マルコという謎の人物の話を聞いたんですが、奇跡というのは、そんなところでは？」

「マルコの、何が奇跡でしょうか？」

「実在する人物が現れた、ということです。彼がブレインなのでは？」

「いえ、それは実情に合致しません。マルコについては、調査中です。私が考えた結論は、いたって簡単です。さきほどの奇跡を、やや特殊な偶然と解釈するよりは、この結論が適当かと思われます」

「待って下さい」僕は片手を広げた。「何だろう？　うーん」

僕は考えた。オーロラが演算した結論、つまり、ヴィリ・トレンメルのブレインとなる人物は誰なのか、どこに隠れているのか、何故表に出てこないのか。

「あ、わかった」十秒ほど考えて、閃《ひらめ》いた。「そうか、たぶん、これですね」

「ええ、そうだと思います」

「私が、その結論を思いつくと演算していましたか？」僕はきいた。

「確率は六十パーセントでした」

「ぎりぎりですね」僕は笑った。「つまり、後ろ盾は、人間ではない」

「そのとおりです」

「人工知能なんだ」

「はい、だからこそ、彼はヴァーチャルの世界に足を踏み入れたのです」

「うーん、どうかな……」

「なにか、疑問に思われますか？」

「疑問ではなくて、なにか、少し、その、違うような気がする」

第3章　誰が心を凍《こお》らせたの？　Who froze the heart?

あの人たちって？
焼け死んだ人たち。道路にくっついて焼けてしまった人たち。
お前がなにか悪いことをいったとは思わないけどな。
悪いことじゃなかったけど。もう出発していい？
いいよ。カートに乗りたいか？
いいよそれは。
ほんのちょっとだけでもどうだ？

1

地中の巨大な穴の中に湖があり、その湖畔にヴィリ・トレンメルの別荘があった。僕とロジは、そこに招待されたのだ。こうなるのでは、と予想したとおりだったし、ロジも、これなら、と賛成してくれた。また、日本の情報局も僕たちをバックアップする、と言ってくれたらしい。

具体的にどんなバックアップをするのか。どんな態勢で、そのバックアップなるものが実行されるのかは不明である。おそらく、その意味を要約すると、飛び込んで、なんでも良いから調べてこい、となるだろう。

驚いたことに、リアルのオフィーリア荘と、建物自体はそっくりだった。少し大きいように感じたものの、おそらく実物のデータをコピィして、適当に拡大したのではないか、と勘繰ってしまうほどだった。

その別荘が建っているのは、大きな洞窟《どうくつ》のような場所だったから、周囲の様子はまるで異なる。まず、空というものがない。というよりも、夜空みたいな雰囲気だ。上からは、ときどき水が落ちてくる。雨だと思えば、同じだ。霧がかかったように、湖の対岸は見えなかった。

地面は、凹凸の激しい岩のようだったが、形状は滑らかな曲面を成している。歩く道だけが、平面状に整形されていた。僕たちが玄関に近づくと、二人の女性が両側に立っていて、同時にお辞儀をした。

「君が壊したロボットだ」僕は、すぐ横のロジに囁いた。

「聞こえますよ。悪い印象を持たれます」ロジが、真面目《まじめ》に言った。

僕は、ネクタイをして、グレイのスーツを着ている。いずれもブランドものらしい。ロジは、オレンジ色のドレスで、このまえよりもスカートが短かった。お互いに、思い切ったファッションで臨んだのも、やはり、ここがヴァーチャルだからである。ヴァーチャルでは、人は必ず勇敢側にシフトするらしい。

玄関ホールも、ほとんど同じだった。しかし、やはりやや広く感じる。もしかして、自分たちがスケールダウンしているのかもしれない。データ的にそんな操作が行われている可能性もある。その場合、原子や電子の距離が縮まっているわけだから、素粒子の素性として、現実とは異なる数値が設定されているのかもしれない。とりあえず、具体的な影響は今のところない。

「ヴィリ・トレンメルがお待ちしております。こちらへ」女性の一人が案内してくれた。

右の部屋へ入った。そこは食堂だと思っていたが、入ってみると、絨毯がブルーのプレイルームだった。家具なども見覚えのある配置ではあるが、どれも左右が反対になっている。建物の配置も左右対称になっているようだ。ビリヤード台があり、壁にはダーツの的が見えた。奥には、デッキへ出られるガラス戸があり、外は明るい。どうして、そこが明るいのか不思議である。ここは洞窟の中のはずだからだ。

ヴィリ・トレンメルは、ビリヤード台の脇に立っていた。キューを片手に持っている。台の上には、白い玉が二つ、赤い玉が一つあった。数字が書かれた玉ではない。僕とロジがリアルでやったときとは、少し違っているようだ。周囲に玉が落ちる穴もなかった。

「ようこそ、いらっしゃいました」老人はお辞儀をした。「どうしますか？　なにかゲームをなさいますか？　それとも、射撃ですか？」

「家の中か、外の洞窟を案内して下さい」僕は言った。「あちらは、明るいですね」デッキに出るガラス戸の方を指差した。

「そうなんです。ちょっとした趣向でして」ヴィリは微笑んだ。「ここは、地下洞窟の中なのですが、そちらから外へ出ると、地上になります。空間が断層のように食い違っているという設定なのです」

ガラス戸に近づいて、外を覗いてみた。リアルで見た風景とよく似ている。クレィ射撃もできそうだし、乗馬もおそらく可能なのだろう。

「すると、ここから出て、敷地を奥へ行き、森へ出ていくと、あの城跡まで行けますか？」僕はきいた。

「はい、行けます。そのとおりです」ヴィリは答える。「行ってみますか？」

「では、歩きながら、お話を伺いましょう」僕は言った。それからロジを見て、念のためにきいた「君は、それで良い？」

「ええ、そうしましょう」可愛らしい声でロジが答える。まるで別人である。

デッキへ出て、芝生に下りた。

ヴィリは、老人とは思えない速度で歩いた。杖も持っていない。僕たちは彼についていく。彼が先を行き、僕とロジは二人並んで歩いた。庭園内を縦断し、森が近づいてくる。

「こちらへは、よくいらっしゃるのですか？」僕は尋ねた。

「いえ、そんなには来ませんね。どうでしょう、あちらのリアルの別荘と、同じくらいの頻度でしょうか？」

「こちらには、運転手の彼はいますか？　えっと……」僕は名前を忘れてしまった。

「いえ、おりません。必要がありませんから。ここでは、私はクルマにも乗りません。どこかへ出かけていくときは、瞬間移動するだけです」

「まあ、そうですね」僕は笑った。

「ちょっと、やってみましょうか？」ヴィリが言った。

すると、風景が変わった。スクリーンが切り替わったような感じだった。フェイドアウトして、フェイドインした、というわけではない、ほぼ一瞬で周囲のすべてが変わった。

森の中の道を歩いていたが、その森の端まで来ていた。草原へ出ていく道は、右へカーブしている。

「あ、あそこ」ロジが指差した。

前方に小高い丘が見える。あの城跡のある丘だと気づいた。丘の上に、色が違う部分がある。岩が並んでいるようだ。しかし、さらに近づくと、それらは見えなくなった。相対的に、丘が大きく高くなる。急な斜面が目の前に現れた。道は、この丘を避けて、右へ向かっていた。正面に回り込めるようになっているはずだ。

「建物は、対称だったのに」

「あれ？　左右対称ではありませんね」僕は呟いた。「建物は、対称だったのに」

「そうです」ヴィリが振り返った。「あれは、あとから入力したデータだからです。この地形は、私がインプットしたものではなく、公開されているリアルのデータに基づいていますから、当然、リアルと同じです。建物は、建っている場所も、二箇所に跨《またが》っていて、玄関は中米にあります。洞窟の地形に合わせるために、左右を反対にしたのです」

「あ！」ロジが叫んだ。

「どうしたの？」僕は彼女の顔を見た。

ロジは、自分の足許を見ている。

小さな蛇が地面を這《は》っていた。ロジの足の近くを通り、草の中へ消えていった。

「蛇がいるんだ、ここには」僕は呟いた。

「どうしましょう」ロジが言った。ロジらしくない台詞《せりふ》である。

「どうしようもないよ」僕は答える。

ここにいるロジは、銃を持っていない。性格もずいぶん違う。彼女は、ヴァーチャルでは人格を装っているのだ。女優みたいなもので、意図的にそうしているらしい。楽しんでいるのかもしれないし、訓練の一環かもしれない。僕には、それがいちいち面白い。

「蛇がお嫌いですか？」ヴィリがきいた。

「蛇が好きな人は、少ないのでは？」ロジが答える。

そうだろうか。意外に人気のあるペットだろう、というのが僕の認識だった。もっとも、僕には、生きているものを飼う趣味はない。自分のボディだけで充分に楽しいし、充分にスリリングだ。

2

帰りも途中で一度ワープした。そのワープのし方を教えてもらいたいものだ、と僕は思った。ヴィリは、僕たちを二階の客間へ案内してくれた。のちほど食堂で、と言い残して、彼は階段を下りていった。

二人だけで話ができる場所を、と気遣ってくれたのにちがいない。僕たちは部屋に入り、溜息をついた。

ここでログアウトして、僕とロジは、自宅の地下室で、カプセルから起き上がった。

「なんか、疲れたなあ」僕は息を吐《は》いた。「ちょっと休憩してから、戻ろう」

「蛇は、何のつもりでしょうか？」ロジが言った。

「驚かせたかったんじゃないかな。君、蛇は嫌いだったの？」

「いいえ。驚いた振りをしただけです。普通の女性だったら悲鳴を上げるのでは？」

「君も悲鳴を上げたら良かったのに」

「想定していませんでした。練習しておきます」ロジは微笑んだ。

「あ、そうか……」僕は、思わず息を止めた。

「どうしたんですか?」ロジが尋ねる。

「あそこは、リンダが悲鳴を上げた場所の近くだった」僕は指摘した。

「だから?」ロジが首を傾げる。

「うーん」僕は唸った。自分で言っておきながら、考えがまとまらない。「えっと、つまり、もし城跡に誰かがいたら、その人たちに君の悲鳴が聞こえたかもしれない」

「だから、何だというのですか?」

「何だというわけでもないのだけれど……、そうなると、私と君が幽霊になったみたいなものだね」

「どうしてですか?」

「私たちは、リアルの世界の住人だ。ヴァーチャルの世界の人から見たら、幽霊みたいなものかもしれない。実体が、ヴァーチャル界にはない。今みたいに、ログアウトしてしまえば、あちらでは、ふっと姿が消えたみたいなものだよ」

「それを、あの蛇で演出しようとした、というのですか?」ロジはまだ顔を傾けたままだ。首が曲がるのではないか、と心配になる。

「首は、大丈夫?」僕は思わずきいてしまった。「もう痛くない?」

「大丈夫です。今のグアトの説明で、脱臼《だっきゅう》しそうでした」

「面白いことを言うね」僕は微笑んだ。「ごめん、ちょっと考えがまとまらない。ただ、リアルとヴァーチャルの関係は、表裏なんだ。こちらが表で、むこうが裏だと認識しているのは、表にいる人間だけ。むこうにいる人工知能やトランスファにとっては、電子界が表であり、リアル界は裏なんだ」

「そうでしょうか。電子界のエネルギィを支えているのは、こちらにある発電所ではありませんか。ヴァーチャルだけでは、存在できないはずです」

「存在という概念が、そもそもリアルのものだ。彼らにとっては、存在なんて、単なる状況というか、現象でしかない」

「裏返しになっている関係だということですね。でも、それが、その、今回の騒動を的確に解釈することにつながりますか、というのが私の質問です」

「うん」僕は、ロジの質問を受け止めて頷いた。「そうだね、単なる連想でしかない。だけど、そういう観点からすると、リンダとロベルトの幽霊は、ヴァーチャル界に存在するカップルだということになる。二人は、百年以上まえに、あちらの世界へ移った。以来ずっと、ヴァーチャルで生きているのかも」

「それが、どうしてリアルの世界に姿を現したのですか？　私たちの前に出てきた理由は何ですか？」

「何だろう。存在を知ってもらいたい、という元リアル人の未練みたいなものだろうか?」

「未練?」ロジは、言葉を繰り返したあと、掠《かす》れた口笛を吹いた。

「他者から承認されたい、という欲求かな。それも、リアルに生きている他者でないと意味がない、と考えているわけで、結局は、リアルへの未練だといえる」

「わからないでもないですが、百年も経《た》っていて、まだそんな気持ちを持っているものでしょうか?」

「ノスタルジィもあるだろうね」僕は言った。「私も、そういう気持ちがないとはいえない」

「え、本当ですか?」ロジは、目を丸くした。

「人間って、結局、百年くらいじゃあ、変わらないものなんじゃないかな。子供のときのことをよく覚えていて、ずっと、それを引きずって生きている。生まれ変わることなんてない。いくら長くなっても、同じ一回の人生なんだよね。記憶を失わないかぎり、リセットできない。おそらく、これからは、個人の記憶を部分的に消したり、オーバライトしたり、そういう記憶編集みたいなものが、ビジネスとして出てくるだろうね」

「それらしいことを謳《うた》っているものは、今でもありますね」ロジが言った。「ほとんどが詐欺《さぎ》だと、私は認識していますが」

「とにかく、今後、ヴァーチャルへの移動、つまり感覚と記憶の転送が頻繁に行われるようになるから、それに伴って、リアルの中であっても、そういった転送を取り扱うようになるはず。どんどん寿命が延びていて、この長寿に人間がどこまで耐えられるか、という耐久試験をしているようなものだから、そういったジレンマというのかな、ストレスを回避するために、ヴァーチャルだけではなく、リアルでもなんらかの規制改革があるんじゃないかな」

現在は、個人の頭脳に対する電子的な措置を、法律は規制している。健全な頭脳に対しては、事実上禁止されている、といっても良い。この法律は、百年以上もまえに世界の標準となった。当然ながら、その原点は、人間の尊厳などを取り扱う倫理的な立場にある。実際、それが決められた当時と現在では、かなり事情が異なっていることは否めない。最も異なるのは、子孫が生まれなくなり、人が死ななくなったことだが、これは人類にとって根底を覆すような大変革といえる。新しい価値観が生まれている以上、倫理も法律も追従を迫られるだろう。

十五分ほど休憩してから、僕たちはまたカプセルの中に入った。

3

ヴィリ・トレンメルの別荘の客間に、僕とロジは転送された。

散歩から戻ったとき、あとでヴィリの部屋へ行くと約束していた。彼の書斎は、リアルの別荘でも一度入った。赤いサイコロのコンピュータを見たときだ。同じフロアである。通路を歩いて、突き当たりの大きなドアをノックした。しばらく待つと、ヴィリ・トレンメルがドアを開けて、顔を覗かせた。

ヴィリは、服装が変わっていた。上はセータ。カジュアルな彼を見たのは初めてだ。やはり、杖を持っていない。ヴァーチャルでは必要がないということか。

室内は、リアルと同じに見えた。書棚に本が並び、縦長の窓が三面の壁のいずれにも複数あった。僕は、彼のデスクを見た。そこには、赤い立方体があった。同じ位置である。反対側には、透明な瓶《びん》が横向きに置かれている。中には、小さな模型の帆船が入っていて、青い水に浮かんでいた。ボトルシップのようだ。そちらは、リアルにはなかったものである。

「窓から外を見ても、よろしいでしょうか？」僕は彼にきいた。

ヴィリが微笑んで頷いたので、窓に近づいた。正面だと思っていた方へ行ったが、外が明るく、芝生や森の風景が覗いていた。そうか、反対だった、と思い直し、正面側の窓へ歩いた。そちらは、外が夜のように真っ暗だった。

　窓に顔を近づけ、室内の反射を自分の躰で遮っても、外はほとんど見えなかった。夜ではなく、洞窟の中なのだ。いや、もしかして、夜ではあるかもしれない。ここは、ドイツではない。中米だと聞いた。空間がずれている。時間はずれないのか。

「千五百年ほどまえには、ここには、もっと大量の水が溜まっていました」ヴィリが話した。僕のすぐ後ろに立っている。「地上には、王国が栄えていて、その都市は、ここの水を汲《く》み上《あ》げて、生活に使っていました。近くには大きな川がありません。水は、神聖なものであり、その管理は権力の象徴でもありました」

「現代でも、それは同じですね」僕は言った。

「いえ、水はもちろんですが、現代ではエネルギィが、それに替わったといえます」ヴィリは話した。「何故なら、エネルギィがあれば、水は作ることができます」

　外の暗闇に飽きて、僕はすぐ横の書棚に視線を移していた。技術書か、歴史書だろうか。たしかに、エネルギィ関係のものが多いことに気づいた。ほかには、経済学、社会学、政治学、民族学らしきタイトルもあった。

「ここに並んでいる本は、リアルの書斎の本と同じものですか?」僕は振り返って、ヴィリに尋ねた。

「同じものです」ヴィリは頷く。「ただ、むこうの書棚は、単なる装飾品です。実際に開いて読める本は僅かしかありません。でも、こちらの本は、どれも読めますよ。どれでも、お手に取って、ご覧下さい」

僕は、もう一度本棚を見た。〈四次元幾何学の基礎〉という本があった。引き出して開いて見ると、僕が知っている文章があった。若いときに読んだことがあった。さらにページを捲《めく》っていく。すると、グラフィックスが手前に浮き上がってくる。それが膨張し、僕を取り囲むように展開した。

「素晴らしい」僕は言った。すぐ横にロジが立っていたが、彼女は、グラフィックスに溶け込んでいた。曲面座標が彼女のスカートに漸近《ぜんきん》しそうだった。

本を閉じると、それらがページの間に吸い込まれた。

「こういった体験を毎日していると、いつしか、こちらがリアルになります」ヴィリ・トレンメルが語った。「もうこちらだけで良い、と多くの人が考えることでしょう。近い将来、世界はシフトします。そうした方が、エネルギィ的にも有利だし、文明というものを長く保持することができるはずです」

「新しい命は、どうなりますか？」ロジが質問した。「リアルでも、子供は生まれにくくなっていますけれど、全員がヴァーチャルに移ってしまったら、もう子孫は生まれない。いいえ、生まれるとしても、それを人間と呼べるのでしょうか？　人工知能が作り出した知性だからです」

「ロジさん、そのとおりです」ヴィリは頷き、彼女に微笑んだ。「しかし、私は悲観しておりません。人工知能は、既に人間の知性を大きく上回っています。完全に超越している。そこから生まれる知性は、新しい知性です。最初から肉体を持たない世代が、これから登場します。いえ、今でもその誕生は実現できます。残るのは、人間が許容するかどうか、という問題でしかない」

「ウォーカロン・メーカが、リアルで子孫を作る技術を開発しているようですが」僕は言った。あまり詳しくは話せない。一般的な知識として知っている、という程度に振舞わなければならない。ロジが、警告するように僕を睨んでいたので、軽く頷いて返した。

「リアルがそうなると、ヴァーチャルでの新人類誕生は、少し遅れることになるかもしれませんね」

「我々には、充分な時間があります。慌てることはありません」ヴィリ・トレンメルが言った。「さて……、そうそう、コンピュータをご覧になりますか？」

彼と一緒にデスクまで歩いた。

ヴィリは、デスクのむこう側へ回り、大きな背もたれのある椅子に腰かけた。

僕とロジにも、デスクの近くにあった椅子を彼はすすめた。僕は、赤いサイコロの近くに座った。

「触ってみて下さい」ヴィリが片手で示す。

僕は、その赤いコンピュータを両手で掴んだ。持ち上げてみた。重さは感じない。これはヴァーチャルだからだろうか。

「軽いでしょう？　空っぽなんです」ヴィリは言った。「それは、こちらでは無用のものです。つまり、抜け殻みたいなもの。そして、その箱以外の、このすべて……」彼は、両手を横に持ち上げ、手の平を上に向けた。「この空間のすべてが、実はコンピュータの中身でもある。コンピュータの回路の中に、今我々はいるのです。リアルの裏返しです」

「現実というものは、人間の頭の中にあるわけですね」僕は言った。「我々が見ているものは、実は頭脳の内側だということです」

「でも、多数の人が同時に触れられるのですから」ロジが言った。「その説は、おかしいと思います」

「そうなんです」ヴィリがロジを指差した。「その共通認識の幻想を、いかにして構築するのか、というのが、ヴァーチャルの装置開発の最も重要なテーマでした。ただ、それも、結局は触れると感じられる、その神経の信号でしかないわけですから、あとは処理能力、処理速度の問題に行き着くだけです」

「そんな技術論議も、もう昔の話になりましたね」僕は言った。今では、その問題は完全にクリアされている。「そのボトルシップは、誰が作られたのですか？」

「私です。こちらでは、簡単なんですよ」彼は笑った。「ボトルの口を、ぐっと開いて、大きくするだけのことですから」

ヴィリに、玄関側の洞窟を歩くことの許可を得て、僕たちは彼の書斎を出た。さっそく一階へ下りていき、玄関から外へ出た。玄関のドアには鍵がかかっていなかった。

「この世界には、不審な侵入者はいないのですね」ロジが言った。

「そうじゃないよ。この世界では、不審な侵入者は壁をすり抜ける能力を持っているだけ。鍵をかける意味がない」

外は、さきほどと同じ。ほとんど、光というもののない世界だった。

暗闇であるが、適度に調節されているのか、目が慣れると、赤外線で見たときに似た風景が見渡せた。湖といっても、せいぜい数百メートルの幅だろう。奥行きの方が長く、幅は五十メートルほどかと思われた。一番遠いところは、霧の中に霞《かす》んでいた。

水面は、ほとんど動かない。なにかを反射しているわけでもない。反射するような光源がないからだ。僕たちが立っている場所から、五メートルほど下にある。さらに、その水面から数十メートルの水深があるらしい。

「潜ってみたいですね」ロジが言った。「その装備が、きっと別荘に用意されていると思います。ここでは、それが一番楽しめるイベントなのではないでしょうか」

「潜ったら、何があるのかな」僕はきいた。「魚がいる？」

「さあ……、でも、いないと思います。おそらく、アルカリ性なのでは」

「鍾乳洞だからね。いや、どうかな、わからないよ。ここはヴァーチャルなんだから、たとえば、海につながっているかもしれない」

「設定次第ではありますけれど、標高が違うのでは？」

地面というのは、ほとんど岩場のようだった。滑らかで濡れているから、滑って危なそうだと感じたが、それも設定次第である。摩擦係数をいくつくらいにしているのか。

「上は、どうなっているんだろう？」僕は、湖の上を見上げて言った。

洞窟なので、上にも岩がある。非常に高く、どのくらいあるのか、目測は不可能だった。

「リアルの場合は、いずれ、上の岩が崩落して、大きな穴が開くそうです」ロジが答えた。さきほど一度ログアウトしたときに調べていたが、ここのことだったようだ。

「その古代の人たちは、どうやって、この地下の湖を見つけたんだろう？」僕は疑問を口にした。

「崩落よりまえに、地上に小さな穴が開くことがあって、それで発見できたようです。この近辺には、同じような地下湖が幾つもあるそうです」

「地上は？　どんなふうなの」

「ほとんど、ジャングルですね」

「へえ、ここもそうかな。地上に上がる階段とかを作っておけば良かったのに」

「どうなんでしょう。ただ、中米のこの一帯だけを、ドイツへコピィした、というだけの処理ではないでしょうか」

ついつい、ヴァーチャルの話になる。この世界には、簡単には溶け込めないようだ。僕たちは、適当なところで引き返し、玄関ホールへ戻った。

「そうだ、地下室を見せてもらおう。リアルでは、一度も見なかった。どこから下りるのかな」僕は言った。

ちょうど、エプロンの女性が通路を歩いてきた。花が豪華に生けられた壺《つぼ》を両手に持っている。

「ただ今、これをお客様のところへ、お届けしようと思っておりました」彼女が言った。

「あの、地下室を見たいんだけれど、どこから下りるの？」僕は尋ねた。「もちろん、許可が必要なら、トレンメルさんにきくけれど」

「そこのドアを開けると、階段があります」彼女は、顔を向けた。階段の手摺りの下にあるドアのようだ。「許可はいりません。どこでも、ご自由にご覧いただくように、と申しておりました」

「どうもありがとう」

「花は、どういたしましょうか？」

「あ、では、部屋に届けておいて下さい」

4

また、ログアウトした。僕たちは、リアルに生きているボディを持っているのだ。ヴァーチャルに長くはいられない。

「あの花は何なんですか？」ロジが大袈裟《おおげさ》に言った。「馬鹿みたい」

「うん、わざわざ運ばなくても、いきなり、客間に出現させれば良いだけだ。でも、そもそも、持って回って面倒をかけるのが、ヴァーチャルなんだから、無駄のオンパレードというわけだね」

「あの洞窟は、ちょっと面白い。あとで、ダイビングをしましょう」

「溺《おぼ》れたりしないかな」僕は冗談を言った。

「トランスファは、ヴァーチャルの世界では、出てこないのでしょうか？」ロジが突然不思議な質問をした。「幽霊が出ないのかな、と考えて、連想したんですけれど……。そもそも、電子界におけるヴァーチャルの位置づけみたいなものが、今ひとつよくわかりません」

「そう、リアルとヴァーチャルというときは、現実の世界と電子の仮想世界をイメージしている。人工知能やトランスファが、活動しているのは、電子空間で、これは、つまり、こちらの人間が体験できるヴァーチャルの中の、もっと細かい、サイズの小さな世界のことなんだ。同じヴァーチャルではあるけれど、見えないほど小さい。これは、リアルのこの世界にいても、分子も原子も素粒子も見ることができないのと同じだね。サイズが違う、ということ」

「人工知能やトランスファが勢力争いをしているというのは、そのミクロの世界なのですね」

「そう。それに、そのミクロの世界では、ヴァーチャルもリアルも、同じ世界を共有していると考えることもできる。見ることはできないけれど、いろいろな機器を使って観測はできるし、同じエネルギィを使っている」

「では、表と裏というのは、ちょっと変な表現になりますね」

「そうかもしれない」僕は頷いた。「ときどき、そういったことに思いを巡らすと、なんとなく、お互いの世界みたいなものがイメージできる、というだけだね」

「どちらも、この地球の上にいて、地球が爆発したら、滅んでしまう運命なのですね」

「爆発はしないと思うけれど。まあ、火山噴火とか、あるいは核爆弾で、大きな被害が出れば、それに近い状況になるだろうね。地球にとってはかすり傷だけれど、リアルの文明も、ヴァーチャルも、そこで同時に途絶えることになるだろう」

「やっぱり、あちらに幽霊が出てこない、というのが、とても不思議です。リアルの世界だからこそ、幽霊の存在価値があるといえるわけですか？」

「あちらでリンダとロベルトが登場したら、それは、ヴァーチャルの普通の人たちと同じものになる。こちらで出てくるから、幽霊として認識される。うん、ただ、彼らは、死んだとは確認されていないから、幽霊ではないかもしれない。こちらの世界では、長い間、一度死んだ人間は蘇《よみがえ》ることがなかった。だからこそ、そういう人間が再登場すると、それは幽霊として認識されるしかない。ようするに、死の絶対性が、幽霊の概念を作った」

「死んだら、魂も消えるのに、人は、魂だけは生きて、どこかで存続していると信じてきましたから、その延長で、幽霊になったのですね」

「不思議だよね。たとえば、宇宙に飛び出して、遠くへ行ってしまって、そのまま帰還できなかった場合、その人の魂は地球に帰ってくるのだろうか？」僕は考えながら話した。

「冷凍保存されている人の魂は、どうなっているのだろう？　魂も凍っているのか、それとも、魂はさまよい続けているのだろうか？　つい数百年まえまで、人間には魂があると信じられていて、死んだ肉体から魂が抜け出るところを捉えようと実験も行われたらしい。死にそうな人を体重計に乗せて、死んだら魂の分だけ体重が軽くなるはずだから、魂の重量を測定しようとしたんだ」

「水分は蒸発しますから、体重は減るのでは？」ロジが言った。

「記憶とか、プログラムとか、そういったソフトは、物体ではない。コンピュータから、データやプログラムを抜き去っても、重量は変わらない。人間の魂というのは、そういうものだからね。逆に見ると、魂は、保存できるし、コピィできるし、ほかのメディアに移すこともできる。その技術が確立されつつあるのが、現在だ。これも、うーん、二百年まえには、とうてい不可能な容量だといわれていたし、百年まえになって、技術的に可能になっても、現実的な方法論は話題にならなかった。それよりも、人間の尊厳についての議論ばかりが繰り返されたんだ」

「トレンメル氏は、リアルの人間をすべてヴァーチャルへ移そうとしているのでしょうか。そのとき、手数料や管理料を取る、というビジネスモデルですよね。そんな商売が成立するのか、それに、本当に上手《うま》くいくでしょうか」

「さあ、私にはとんと想像ができないジャンルだからね。経済とか社会というものには、本当に疎い。関らずに生きてきた、ずっとね。何？　そこが、君の勤め先が知りたい部分？」

「まあ、どうもそうみたいです」ロジは認めた。

「儲《もう》かりそうなら、国として乗り遅れてはいけない、というわけか……」

「まだ、幽霊について、不明な点が沢山あります。私が知りたいのは、自分が見たものの解釈というか、実体です」

「こう考えてみては、どうかな……」僕はまた、考えがまとまらないうちに話を始めた。「リアルの人間が、ヴァーチャルを体験するように、逆に、ヴァーチャルの住人たちに、リアルの世界を体験させる、というプロジェクトを、トレンメル氏が考えているとしたら、という架空の話だけれど……」

「それは、たとえば、オーロラのサブセットがロボットになって、情報局の会議に出たりするようなものですか？」ロジがすぐに言った。彼女の頭の回転の速さには、いつも感心する。

「そう、それも一つのメソッドだ。あるいは、トランスファが、ウォーカロンを乗っ取ってしまうのも、同じかもしれない。リアルのボディの中に乗り込んでいるわけだからね。しかし、もっと、アトラクションというか、レジャ、あるいはスポーツかゲーム感覚で、リアルを体験する方法を考えてみたら、それは、結局はセンサによる知覚と、リアルの人間に自分の姿を見せることで実現できるだろう。これは、ホログラムで良い。つまり、それが幽霊になる」

「ああ……、なるほど」ロジは、両手を顔の前で合わせた。「そうですね。それが、今回の幽霊騒ぎだった、というわけですね？」

「いや、そこまで言い切る自信はない。そういう解釈もあるよ、というだけだね」

「でも、いろいろな方面で辻褄《つじつま》が合います。ヴァーチャルには、その需要があると思いますし、トレンメル氏の会社が、その方面を得意分野としている点とも合致します」

「もちろん、そういうところからの推察だから、当然そうなる、というだけ」

「絶対それですよ」

「いやいや、決めつけるほどの根拠はない」僕は首をふった。「ホログラムのリンダなんかは、説明がつくけれど、私が見たロベルトは、明らかに違う」

「あれは、ボブの友達のマルコだったのでは？」ロジが言った。

「あ、そう、ボブだ。忘れていた……」僕は、リアルの自分の立場を思い出した。「そうだ、トレンメル氏には、ボブがあんなことをした理由を、どう考えているか、きかないといけないね。ドイツ警察にも、お世話になっているのだから、少しは貢献しないと」

5

クレィ射撃はしないことにした。ロジに言わせると、ヴァーチャルで撃っても手応えがないから面白くない、ということだった。反動は再現されているので、物理的な手応えのことではなさそうだ。

ヴィリ・トレンメル氏と、プレィルームで会うことができた。彼は、小鳥を肩に乗せていた。僕たちが近づいていくと、その小鳥が飛び立ち、部屋の隅のランプスタンドの笠に止まった。黄緑色の綺麗な鳥だった。

「なにか、ご希望のものがありますか?」ヴィリがきいた。

「湖でダイビングをしたいのですが」ロジがすぐに答えた。

「ああ、それは良い。もちろん、装備はあります。私も何度か潜りましたよ。とても綺麗で、うっとりするような光景が楽しめます」

「潜水艦は、ないのですか?」僕は尋ねた。

「残念ながら」彼は首を横にふったあと、笑顔になった。「水がお嫌いですか?」

「嫌いというほど、体験したことがありません」

「どうぞ一度、チャレンジなさって下さい」

僕たちは、裏庭が眺められる場所に置かれたソファに座った。ヴィリは、テーブルを挟んだ対面の肘《ひじ》掛《か》け椅子に腰掛けた。リアルだったら、飲みものが出てくるタイミングであるが、ヴァーチャルでは無駄な装飾となる。それでも、演出として出てくるのではないか、と僕は後ろを一度見た。エプロン姿の女性が、通路からこちらを窺っているのが確認できた。あのロボットは、どれくらいの知性を持っているのだろうか。

「ボブがトレンメルさんを襲った理由、それに、ロボットの二人の異常行動について、差《さ》し障《さわ》りのない範囲でけっこうですから、詳しいお話を伺いたいと思います」僕は話を始めた。「トランスファによるものだとして、また、トレンメルさんの暗殺を何者かが仕掛けたとしても、納得がいかないことがあります。何故、私たちまで狙われたのでしょうか？　トランスファであれば、目的を達成したあと、無駄なことはしないだろうと想像します」

「私の解釈ですけれど、ボブは、リムジンで私をどこかへ運ぼうとしていたのではないでしょうか。私の死体を、という意味です。撃って、殺したところで、リムジンに戻った。クルマを移動させようとしたのかもしれません。しかし、そこへ、グアトさんとロジさんが玄関から出ていらっしゃった。あなた方が、私の死体を見にいく。その間に、リムジンの後部へ、彼はこっそり隠れた。お二人に敵意はなかったと思います」

「どうして、後部座席に？」ロジが質問した。「それに、ドアを開けたり閉めたりするときの音が聞こえたと思います」

「後部座席にしたのは、外から見えないからでしょう。運転席では見つかってしまう。彼は躰が大きいので、伏せて隠れることも難しかった」ヴィリは滑らかな口調で答えた。「やはり、リアルの彼よりも若々しく感じられる。「それから、ドアについてですが、後部座席のドアは自動なんです。電動で開け閉めでき、その場合は僅かな音しか立てません」

「そうでしたか、わかりました」ロジが頷いた。

「彼は、お二人がそのまま建物へ戻る、と考えたでしょう。その間に、リムジンに私を乗せて、出ていくつもりでした。ところが、ロジさんがリムジンを運転した。そうですね？」

「はい、そうです。早く脱出したいと考えました」ロジは答える。

「それは、どうしてですか?」逆に、ヴィリが尋ねた。

「警察に連絡がつかなかったからです」

「でも、待っていれば、来るかもしれない」

「そうは、ええ……、考えませんでした」ロジは答える。自分の行動は一般的ではない、と気づいたようだ。いうまでもなく、彼女が情報局員だから、あの場所の危険を察知できたのだ。

「私が、リムジンを借りていこう、と提案したんですよ」僕は、助け舟を出した。「コミュータも呼べないみたいでしたから。なにかのシステム障害かと思いました。でも、早く帰りたかったんです。仕事の約束もあったし、連絡を取らないといけないところもありましたので」

「ゲートが開くものと思っていました。リムジンをぶつけてしまい、申し訳ありません」ロジが頭を下げた。「そのすぐあと、後ろから首を絞められたので、もう、無我夢中でした」

「ボブは、おそらく、リムジンを取られたくない、と考えたのではないでしょうか」ヴィリは言った。「いえ、ボブが考えたのか、トランスファが演算したのか、いずれなのかはわかりません。目的を達成するためには、リムジンが必要だったので、お二人を排除するしかない、と考えたわけです」

「そうですね、筋は通りますね」僕は頷いた。「では、トレンメルさんを運び出そうとした理由は、何だったと考えられますか？」

「わかりませんが、最も確率が高そうなのは、確実に死んでほしかった、ということかと」彼は、普通の表情で話した。自身の死について、非常に客観的な捉え方をしているようである。「もちろん、証拠を隠滅して、犯罪を隠そうとした、とも考えられますが、それは、トランスファには無縁のことのように思われます。そのような保身は、彼らにはありません」

「私たちに目撃されてしまったわけですからね」僕は言った。「その時点で、計画は狂ったということです。そもそも、ゲストがいるときに実行した点が、トランスファとしては不自然ではありませんか？　ゲストがいるのを知らなかったはずはないと思いますが」

「トランスファにも、いろいろなタイプがいますからね」ヴィリは、そこで微笑んだ。「知性のレベルも千差万別といえます。予定されたことは実行できても、突発の事態に対する適応力では、知性のレベルにより差が出るとは思います。誰もが賢いわけではありません」

そこで、会話が一旦途切れた。ヴィリ・トレンメルは、ロジの方へ視線を移した。

「ロジさんは、スポーツをなにかなさっていたのですか？」

「特に、これといって打ち込んだものはありませんけれど、若い頃からいろいろなものに手を出しました。ダイビングは、今でも大好きです」

「ダイビングというと、空の方、それとも、海ですか？」

「どちらもです」

「スカイダイビングも、もしお望みでしたら、手配いたしますよ」

「ありがとうございます。でも、ヴァーチャルでは、ちょっと……」ロジが言葉を途中で切った。

「気が進みませんか？」ヴィリが尋ねる。

「そうですね。やはり、スリルが違います」

「命懸けでないと、味わえない楽しみなのですね。そういった部分を、これからのヴァーチャルシステムでは、考えなければなりません。安全を売りものにしていては、マイナスだということになりましょう」

ロジは、それを聞いて黙って頷いた。

その後、客間に戻ると、テーブルに花が飾られていた。僕たちのためにロボットが持ってきてくれたのだ、と思ったのだが、それは事実ではない。ロボットが持ってくるところを見せられた、というべきだろう。

「リンダは、ここにはいないのかな」僕は呟いた。

この客間で、顔だけのリンダと話をしたのだ。リアルでは体験できたのに、ヴァーチャルではできない、というのは、なんとも不思議なことだ。

僕とロジは、湖に潜る準備をした。ウェットスーツを着て、器具の説明をロジから受けた。玄関から出ていき、洞窟のほぼ全域に広がる湖を見た。意外に、スリルに近いものを僕は感じた。どちらかというと、少し怖い、という感覚でもある。

水面はずっと下なので、そこまで階段で下りていった。この階段は岩を削って作られたように見えた。

水の中に入った。最初は、頭が水面上に出る。浮力が調節されているからだ。その後、体積を減らして、水と同じ密度になるように設定すると、水中に顔が入った。水の冷たさを感じるが、それほどでもない。このあたりは、アメニティが保《たも》たれている。呼吸をすると、泡《あわ》が出るようになっていて、その音も聞こえた。

「大丈夫ですか?」ロジがきいた。話はできるようになっている。

「大丈夫じゃなくなるまえに、ギブアップするから、大丈夫」

彼女は、水中で用いる小型の推進装置を片手に握っている。名称を聞いたが、忘れてしまった。

彼女の片手に摑まり、引っ張ってもらうことで、湖の中央へ向った。水面からも離れている。あっという間に、五メートルくらいの水深になったようだ。

頭に小さなライトがついていた。それが前方を照らしてくれる。しかし、水中には動くものはなく、水は透き通っているので、光はロジ以外には当たらない。上の方が僅かに明るく、底は暗いようだ。最初は、底が白っぽく見えたけれど、今は遠ざかったのか、見えなくなった。中央ほど深いということだろう。

水中にいる感覚は、手足を動かしたときの抵抗でしか感じられない。まるで、宇宙に浮かんでいるようにも錯覚できた。近くに星がない、あるいは、ガスに遮られて、光が届かない空間を漂っているみたいだ。

「あ、あそこに、光が」ロジが言った。

彼女が指差している方向は、上だった。見上げると、たしかに小さな白い光が確認できる。遠くの恒星のようだった。明るさは僅かで、ぼんやりしている。揺れているようにも見えたが、それは水を透過しているためかもしれない。

「あとで、上にも行ってみましょう」

「そのまえに、底を確かめる?」

「はい。もうすぐみたいです」

彼女が言ったとおり、やがて、白い砂浜のような湖底が迫ってきた。ここには、動物も植物もいないようだ。底面は平らではない。かといって岩が突き出してもいない。緩やかな曲面で構成され、なにかの関数を表示させたグラフィックのようでもあった。緩やかだから、どこも白く、砂のようなものが堆積《たいせき》している。ロジが、手で触れると、砂が舞い上がった。そのディテールは見事だった。

「本物みたいですね」ロジが嬉しそうに言う。「ヴァーチャルとは思えないくらい」

「暗いから、演算的にも節約できて、その分、細かい部分までシミュレーションが行き届くのかな」

上を見ると、まだ光が確認できた。一つだけある星のようだった。

ロジに引っ張られて、僕たちは上へ向かった。水面までは、水深計によれば、四十メートルほどである。その光っているものは、水中ではなく、水面より上にある。

僕とロジは、水面に顔を出した。浮力を調節して、沈まないようにした。光は、頭上に見える。ゴーグルを外して、裸眼で確かめた。これを裸眼といって良いものだろうか、と自分一人で引っかかったが。

「あれは、何？」僕はロジにきいた。

「この洞窟の地上の入口みたいです」ロジが答えた。彼女は、後ろを振り返った。ヴィリ・トレンメルの別荘の明かりが、そちらに見える。もう、ずいぶん離れていた。僕たちは、湖のほぼ中央に浮かんでいるようだった。どちらの方向にも、うっすらと暗い岩の壁が見えたからだ。今は、闇の奥の霧がない。

「湖の中央に来ないと、あれが見えないということか」僕は呟いた。「別荘からは見えなかったね。あの光は、地上の明かりなのか……」

「空中に浮き上がる装置があれば、あそこまで行けます」ロジが言った。

「たとえば？」

「ショルダタイプのダクトファンとか」

「でも、穴が小さくて、通れないかもしれないよ」

「そうですね」

探検は、そこまでにして、僕とロジは顔を出したまま、水面を移動して湖畔に辿り着いた。周囲の見える範囲では、この別荘が建っているところしか、広い場所はなさそうだった。また、この建物も、半分は岩の壁にめり込んだ状態で建っているのである。

玄関から入り、二階の客間に戻った。誰にも会わなかった。僕たちは、そこでログアウトした。

6

僕は、夕食のためにキッチンで料理をした。リアルでは、ものを食べないといけない、というルールがある。ロジは、本局と通信をしているようだった。

料理がだいたい出来上がった頃、ロジが地下から階段を上がってきた。

「なんか、今日は疲れたね。慣れないことをしたからかな」僕は言った。

「でも、カプセルで寝ていただけですよ」ロジが素っ気《そけ》ない。

「まあ、そうだけれど……」夢を見て疲れるのと同じか、と思った。「報告するような収穫、なかったんじゃない？」

「まあ、そうですね」ロジは口を歪ませた。僕の言葉を真似《まね》たようだ。

食事をすることにした。炭酸の水で乾杯して、シチューにスプーンを入れた。機械が最終仕上げをしたものだから、どんな味がするのかわからない。「まだ、ヴィリ・トレンメル氏の後ろ盾には会えないね。はたして、登場するのか……」

「会いたい、とずばり申し出てみてはいかがでしょう？　いかにもグアトらしい手法ではありませんか」

「それ、本局が言ってきたこと？」

「はい、実はそうです」

「私らしい手法だって？」

「そのままの表現でした」

「オーロラが言ったのかなぁ……」僕は、小さく溜息をついた。「少なくとも、勇猛果敢だという意味ではないね」

「コンピュータが予測しにくい、意表をついた、という意味かと思います」

「そんなにすっきり言われると、ちょっと恥ずかしい」

「トレースできそうでできない、ということかと」

「そうかな、私にはよくわからない。自分らしいなんて、思ったこともないし、そういう方針も希望もない」

食事をしていたロジが、急にスプーンを置き、片手を顳顬に当てた。十秒間ほど、彼女は黙って動かなかった。ヴァーチャルだったら、システムダウンを疑ってしまうだろう。ロジは、再びスプーンを手に取った。

「警察が、マルコを見つけたそうです」彼女が言った。「きっと、もうすぐ映像を送ってきますよ」

シチューにパンを浸して食べていると、ブラウアから僕にメッセージが届いた。ロジに言われて、メガネをかけていたからだ。

「マルコを保護しました。こちらが、彼の映像です」ブラウアが報告した。

僕は、彼の顔を見た。

「はい、この人ですね、私が会ったのは」すぐに判断ができた。「まちがいありません」

「つまり、マルコは、ロベルトに人相が似ている、ということです」ブラウアが言った。

「それは、なにか意味があるのですか?」

「いや、わかりません。偶然かもしれないし……」ブラウアは答える。「あるいは、似ている人物が選ばれて、あの別荘で雇われていたのかもしれません」

「それで、なにか話していますか？」僕はさらに尋ねた。

「いいえ」ブラウアは首をふった。「言葉が通じていないのか、まったく話をしてくれません。マルコという名前だけは、頷いてくれましたが」

「言葉は通じますよ。私は彼と話をしましたから」僕は言った。「彼は、どこにいたのですか？」

「隣町ですが、繁華街をうろついていました。特に犯罪を犯したわけではないので、長くは勾留《こうりゅう》できません。いえ、保護しているだけです。釈放した場合、尾行はするつもりですが」

「何が尾行するのですか？　鳥？　それとも虫ですか？」

「それは言えません」

「会って、話をしたいのでは？」横にいたロジが囁いた。

「あ、グアトさん、面会したいですか？」

「うーん」と唸ったら、目の前にいたロジが何度も小さく頷いた。頷け、というサインのようだ。「あ、じゃあ、会いにいきます。どこへ行けば良いでしょうか？　明日が良いですか？」

「いえ、今すぐの方が、こちらとしては都合が良いのですが、いかがでしょうか？」

食事を終えて、僕とロジはすぐに出かけることにした。コミュータで迎えにいかせると
ブラウアは言ったが、それでは待ち時間が余計にかかる。ロジのクルマで警察署までいく
ことになった。空にはまだほんのり明るさが残っていたが、これは、この季節特有のもの
だ。満月が、既に高い位置に浮かんでいた。
三十分ほどで、警察署の駐車場に到着した。玄関ホールで、ブラウアが待っていてくれ
た。彼の案内で、エレベータに乗った。
最初に入った部屋で、モニタに映っているマルコを見た。やはり、あの日に会った人物
だ、と確信した。そのあと、彼がいる部屋へ、ブラウアと一緒に入った。といっても、彼
との間は透明板で仕切られていて、握手などはできない。マルコは、椅子に腰掛けてい
た。後方にロボットらしき警官が立っている。
「この人を覚えていますか、マルコ」ブラウアがきいた。この人とは僕のことだ。
マルコは、僕を見据えた。しばらくして、少し表情に変化があった。気づいたのではな
いか、と僕は思った。
「どうですか?」ブラウアが、返事を促す。
マルコは、口を結んだままだ。なにも話さない。少し笑っているような顔にも見えた。
それが彼のデフォルトかもしれない。
「リンダは、どこにいるのですか?」僕は、ブラウアに話しかけた。

僕はすぐ、彼に視線を戻す。

マルコは目を見開き、背筋を伸ばした。

「マルコ、リンダに会いたいのでは？」僕は尋ねた。

「リンダが、ここに来ているのか？」マルコは英語できいた。

「城跡で、私と会った日、君はリンダと会ったのでは？」僕は尋ねた。「連れと一緒だ、と話したじゃないか」

マルコは、僕を睨むように見据えた。そして、腕を組み、しばらく目を瞑った。僕はブラウアを見た。彼は、小さく頷いた。その調子でお願いします、といったところだろうか。

「俺には、リンダは見えない。声を聞くこともできない」マルコはそう話し、そこで左右に首をふって、そのあと目を開けた。「でも、いることはわかる」

「どうして、わかる？」僕は尋ねた。

「俺でない人が見るから」マルコは答え、奇妙なことに、そこでにやりと笑った。

そのあとは、マルコは黙ってしまった。僕もブラウアも幾つか質問をしたが、無駄だった。

彼と別れ、通路を歩きながら、ブラウアは呟いた。

「あれは、演技でしょうね。本当のこととは思えない」

「彼は、釈放になるのですね？」

「ええ、あと少しだけ手続きを済ませたら、それで自由の身です」ブラウアは答える。

「まあ、危険な男とは思えません。どこへ行くのでしょうね。また、あの別荘へ戻るのでしょうか。ボブは、まだ病院ですし、別荘には警官がいますから、勝手に入ることはできませんが」

7

ヴィリ・トレンメルは、どこにいるのだろうか？

ヴァーチャルでは、今日会って話をしたばかりだが、リアルの彼はどこだろう。病院を移ったという話は聞いているが、彼の企業が経営する病院らしい、とブラウアは話していた。どうも、詳しいことはわからないようだった。

少なくとも、オフィーリア荘に戻っているとは思えない。まだ、看護が必要な躰のはずである。ヴァーチャルでは、リアルよりもずっと元気そうだったが、おそらくは、ベッドから離れられない状態だろう。

こうしてみると、リアルのボディが、明らかに個人の重荷になっていることが理解できる。肉体さえなければ、永遠の自由と健康が手に入る。時代を超えて、また空間を超えて、生きることができるだろう。

既に、そうした選択を受け入れた人も多いらしい。一部では、頭脳だけを培養液の中で生かし、永遠にヴァーチャル界で生活する、いわば永久カプセルのような方法も存在している。このタイプが、技術的には最も早く実現したようだ。

最近では、生きているうちに、人工知能と緊密な通信状態を保持し、頭脳の機能そのものをデジタル化する方法が開発されているらしい。これは、どのレベルまで可能なのか、どこまで再現できるのか、という点で明確な一線、あるいは領域が定められていない。その人物が、コンピュータ上で再現されている、と観察はできるが、その人物そのものなのかどうかを判断することは誰にもできない。本人にだって、自覚できないだろう。そもそも、人間の頭脳とは、基本構造が少なからず曖昧で、どこまでが自分の思考なのかも把握不可能な演算装置なのである。

ロジのクルマで帰宅した。やはり、丸い月が高いところで光っていた。あそこが、外に出る穴かな、と一瞬連想して、僕は見上げた。

帰ってくる道で、幽霊が出るのではないか、リンダの顔がクルマの前に現れるのではないか、と想像したけれど、そういった異変は起こらなかった。

僕たちの家は、ロジが徹底的に防御システムを張り巡らせているから、泥棒も幽霊も入り込むことは難しいだろう。

僕は、シャワーを浴び、そのあとコーヒーを淹れた。ロジが次にバスルームに入ったから、リビングで一人、それを飲んだ。

さて、今、いったい何が謎だろう、と考える。

不思議なものを沢山見てきたように思ったし、意味がわからないもの、不自然なものに幾つか遭遇しているけれど、だが、よく考えてみると、特にどこにも謎はない。

知らない、あるいは、どちらなのかわからない、というものはある。だが、全く理解できない、どうやればそれが実現できるのか不明だ、というものはない。

結局、そういうことなのだ。

わからないようで、すべてわかっているし、なんらかの方法で再現できるものばかりである。ただ、普通の感覚からして、ちょっと変な感じがする、というだけ。ようするに、違和感を抱く。だが、その違和感は、僕自身の基本というか、立ち位置、つまり視点に起因したものだろう。世の中には、まったく違う価値観が多数存在し、いろいろな目的で、さまざまな生き方を、人はそれぞれしているのだ。

ヴィリ・トレンメルという人物は、僕の持っている常識からは外れた人生を送っているといえる。彼は、既にヴァーチャルで生きているようだ。ヴァーチャルは、彼が仕事をする場所なのだ。彼はそこで欲求を叶え、価値を産み出し、自分の未来を築いている。それは、おそらくまちがいない。

それを、僕たちはこちらから覗いているだけなのだ。実際には、地球と月ほど離れている場所に住んでいるのかもしれない。しかも百数十年という時間が経過している。自ず《おの》と、そこで形成される思想や文化には違いが生じるはずだ。こちらの常識が通用しないのは当然だろう。

そうだ、謎だと思える最大のものを忘れていた。

トランスファは、何をしようとしたのか？

単に、重要人物であるヴィリ・トレンメルが襲われただけだったのか。僕たちゲストがいたときだった、というのは本当に偶然なのか？

ロジ経由の情報では、トレンメル家の関連企業は、彼が撃たれたときに株価が上昇したそうだ。オーロラは、その理由として「いよいよ、ＣＥＯが人工知能になるから」と演算した。高齢の人間であることが、彼の唯一の弱点だったということだろう。

たしかに、リアルからヴァーチャルへの橋渡しを、広くビジネスとして展開しているのだから、トップが率先して、その生き方を示す必要があるのかもしれない。少なくとも、地方の小さな村の幽霊騒ぎよりは、大きな宣伝効果があったことだろう。

百年もまえの経済学者が、人間が行うものはすべて宣伝である、という言葉を残している。情報はすべて宣伝であり、リアルで行われる運動はすべて宣伝だ、と考えてもそれほど大きな勘違いにはならないはずである。

僕とロジは、巻き込まれただけなのか？

それとも逆に、トランスファの目的は、僕たちを襲うことで、巻き添えを食らったのがヴィリ・トレンメルの方だったのか。

これまでにも、理由不明の攻撃を、僕たちは受けてきた。否、僕たちではなく、僕一人かもしれない。これについては、僕が電子界で異様に高く評価されている、という説がある。重要人物であり、この人間を始末しないと電子界にとって不利益になる、との演算があちらでは一部にあったらしい。今もあるのかもしれない。その一環で、今回も僕が襲われたのだろうか。

しかし、今回はどうも、そうは考えにくい。僕自身は、直接的な攻撃を受けていないからだ。僕が杖で殴ったときも、ボブは僕に対して攻撃しなかったではないか。ロジは首を絞められたが、僕には手を出さなかった。

ボブは、ヴィリ・トレンメルを撃った。その銃で、僕を撃つことは容易だったはずだ。

この考察は、少し僕を安心させてくれる。

今回は、ちょっと安全だ。でも、ロジが襲われたことは許せない。

同じようなことが再発してもらっては困るので、原因を突き止めたいという気持ちは強い。

ロジもリビングへやってきた。僕は、彼女のためにもう一杯コーヒーを淹れた。

「考えたんですけれど……」ロジはカップに口をつけたあと話した。「リンダ役の女性も、やはりリアルの人物がいるのではないでしょうか。どう考えてみても、あれはホログラムではなかったように思います。上からの角度だったのに、まったく不自然さがありませんでしたよね。撮影した映像を何度確かめても、ホログラムに見られるスペクトルも出ていませんでしたし」

「そうだね、ロベルトがリアルで現れた以上、リンダの方も同じだと考えるのが、自然に思える。彼ら二人は、君に見つからないよう、草の中に隠れたか、道へ戻って、あの別荘の方へ逃げていった」僕は話した。「ただ、私たちに幽霊を見せる、というだけの悪戯だった、というのは、ちょっと信じがたい」

「いえ、あの二人の間には、トラブルがあったのだと思います。だから、彼女は悲鳴を上げた。悲鳴の理由は、マルコにあった。マルコは、彼女が悲鳴を上げたから、あるいは、私が声をかけたから、その場から立ち去ろうとした。上から見つからないように頭を下げて、道を逃げていった。ところが、その先でグアトと出会ってしまった」

「つまり、二人は同じところに隠れたのではない、敵対していたかもしれない、というわけだね？」

「そのとおりです。幽霊二人は仲間だという先入観で見ていましたが、そうではないと……」ロジは、そこでぐるりと宙を見たあと続けた。「たとえば、マルコは、ナイフで彼女を脅したのです。金を取ろうとしたのかもしれませんし、彼女を自分の思いどおりにさせようとしたのかもしれません。彼女は悲鳴を上げて立ち尽くした。たまたま、上から見えない位置に、そのときマルコはいたのです。そこへ、私が上から声をかけた。彼女は、こちらを見ませんでしたよね。マルコから目が離せなかったのだと思います。恐怖で動けなかった。しかし、マルコは私の声を聞いて、目撃者がいることを知り、その場から立ち去ったのです。頭を下げ、見えないようにして。同時に、リンダも、彼から離れる方向へ逃げたのではないでしょうか」

「そうなると、マルコは、私に会ったあと、リンダのところまで戻らなかった。途中で草の中に隠れた。そちらには、君が下りてきているかもしれないからね。リンダの方は、マルコから離れる方へ逃げていった。うーん、でも、彼女とマルコは知合いだとしたら、彼が別荘へ戻ってくることを知っていただろうから、違う方へ逃げるかもしれない」

「知合いではなかったのではないでしょうか?」ロジが言った。「たまたま、あそこを一人で歩いていて、ナイフを持った男に出会ってしまったのです」

「でも、それだったら、警察に被害届を出すのでは?」

「そうですね。彼女にも、なにか事情があったのでしょうか?」ロジは、そこで首を傾げた。「万が一のことがなければ、良いのですけれど」

「ああ、マルコがリンダを再度襲った、ということ?」

ロジは頷いた。

「やっぱり、あそこへ、もう一度行ってみましょうか」ロジは言った。「城跡公園です。明日はどうですか？　天気も良さそうですから、お弁当を持っていきませんか？」

「お弁当か……」僕は、その言葉に一瞬目眩《めまい》がした。「それは、著《いちじる》しく魅力的な提案だなぁ」

「こういうのって、ヴァーチャルではありえないシチュエーションですよね」

8

翌朝、ロジは早朝からパン屋へ出かけていった。弁当のサンドイッチ用のパンを買うためだった。

「昨日、寝ずに考えたのですけれど……」帰ってきて、ロジが言った。

「それは嘘《うそ》だよね」

「はい。夢の中で考えました。やっぱり、あの二人は赤の他人ではありません。知合いだった。でも、なにか揉《も》め事《ごと》があって、彼が襲おうとしたのは、そうだろうと思います」

サンドイッチは、簡単にできた。熱いコーヒーを入れたポットと一緒にバスケットに納め、ロジのオープンカーに乗った。十時過ぎだった。

クルマに乗ったとき、ビーヤが家から姿を現し、近づいてきた。見られていたようだ。

「ビーヤは、情報局員になれると思います」ロジが囁いた。

「どちらへ行かれるの？」クルマの前で、ビーヤがきいた。

「ちょっと、ピクニックへ」僕は答えた。

「まあ、ピクニックですって？　久しぶりに聞きましたよ。ちょっとしたパニックだわ」

ビーヤは両手を上げると、くるりと向きを変え、向いの家へ戻っていった。玄関に入るまえから、夫の名を呼んでいた。

「今のは、駄洒落《だじゃれ》かな」僕は呟いた。

ロジがエンジンをかけ、クルマを走らせた。

「あの近辺に、リンダの死体でも転がっているのかな」僕は言った。「ごめん、今のは不謹慎な発言だった」

「そうですね。でも、殺したら、埋めているのでは？」ロジは普通に返した。「警察が捜索をしたでしょうから、見つかるようなところにはなかった、ということです」

「もし、そうだとしたら、マルコは、リンダの幽霊に怯えていることだろう」僕は言った。「もっとも、彼がどんな宗教を信じているかによるけれど」

公園の駐車場にロジはクルマを入れた。ほかに二台のクルマが駐車していた。訪れている人がいるということだが、見た範囲に人影はなかった。

バスケットを僕が持って、丘を上っていく。一番高いところに、二人いるのがわかった。幽霊ではない。カップルかどうかもわからない。しかし、話し声が聞こえたから、同じグループではあるようだ。

途中で一度、休憩をした。これも先日と同じだ。一気に上るには、僕の体力が不足している。もっと元気な筋肉を移植しないと無理らしい。結局、そういうことをすると、躰のバランスが崩れ、次は内臓を交換しないといけない、といったことになりかねない。よく耳にする話である。

「気持ちが良いですね」ロジが、両手を伸ばして深呼吸をした。

「君には、穏やかすぎるのでは?」僕は言った。ロジは、きっともっと激しいエクササイズが楽しみたいのではないか、と想像したからだ。

「このまえ、運転手とけっこうなエクササイズをしましたから」ロジは微笑んだ。「でも、あれで、自分も歳を取ったな、と感じました。引退した方が良いか、それとも、躰をもっと鍛《きた》えるか、お金を使って軽量増強の筋肉を取り入れるか」

「まあ、その中では、引退するのが一番良いね」僕は言った。「いや、気にしないでほしい、一般的な判断であって、個人的な意見ではないから」

「個人的な意見をお聞きしたいと思います」ロジが僕を見つめた。

「うん、そうだね……、それは、なかなか難しい。私の希望と君の自由を天秤《てんびん》にかけるようなことは、避けたいな」

「グアトの希望というのは、グアトの自由なのではありませんか?」

「どうかなぁ……」僕は空を見た。「そう言われてみれば、そうなのかな。しかし、個人の希望というのは、個人の内部にあるわけではないよ。個人の周辺にある。個人の環境にある。たとえば、もう既に君がそこに含まれている」

ロジは、微笑んだ。

また、階段を上ることにした。途中で、下りてくる男女とすれ違った。五十代くらいのカップルに見えた。僕たちは、どんなふうに見えただろう。今は、見かけでは、まったくわからない。どう見られたいか、というとおりの見かけになることが可能だからだ。

丘の頂上に立った。僕たち二人だけである。自然に北側を望む位置へ行き、あのときリンダがいた場所を見た。誰の姿もない。こうして改めて見ると、どこにでも隠れることができるほど、草や樹が多い。すべてナチュラルなものだとしたら、貴重な環境といえるだろう。ただ、おそらくどこかに放水設備か地中散水管があり、水と肥料は人工的に散布されているはずだ。それがなければ、ドローンが定期的に飛んで、同じことをしているのにちがいない。

「あちらの方へ、行けそうですね」ロジが指差した。東寄りの方向だった。道は北へ向かい森の中へ消えているが、東には、高い樹が少なく、また、比較的傾斜が緩やかで、歩けそうな場所がありそうだった。

先日のように真っ直ぐに下りていくハードコースではなく、ロジも僕と一緒に石段を下りていき、例の迂回する道を歩くことにした。

下りていくときに、少し離れたところに人がいるのが見えた。また、さきほどのカップルは駐車場でクルマに乗ろうとしていた。

「あの人たちは、幽霊を見にきたのでしょうか?」ロジが呟いた。

「そういう趣味の人たちは、もっと夕暮れ時とか、夜中に来るんじゃないかな。目撃者の情報では、どうだった?」

「ほとんどが、夕刻か明け方でした」

「幽霊の方が準備万端でも、真夜中に来る人は少ない、ということかもね」

細い小道に入った。ちょうど、僕がロベルトに出会った場所で、一旦立ち止まった。周囲を見回す。そこから、周辺を眺めながらゆっくりと進んだ。たしかに、見通しは悪い。道の先も見えないし、左右も植物に遮られている。見えるのは、空だけ。かろうじて、ときどき丘の上が見える。

「あ、ここ……」ロジが指差した。

僕には、普通の草にしか見えなかった。だが、よく観察すると、草の茎が折れている。同じような草が付近に幾つかあった。ロジがそちらへ入っていき、地面を観察し始めた。

「踏まれた跡があります」彼女はまた指差した。

そう言われてみれば、そうかもしれない。だが、普通では気づかないだろう。

「マルコは、ここで草の中に隠れたようですね」

ロジにそこで屈んでいてもらい、僕は道まで戻った。彼女がどのあたりにいるのか知っているから、僅かに違う色を見つけることができる。しかし、注意して見ないと、きっと見逃すだろう。

ロジも道に出てきた。

「警察は、よく探したのでしょうか」彼女は呟いた。不満がある、という感じではない。

「事件性もなかったし、そんなに一所懸命ということは、たぶんないね」

「でも、トレンメル氏が撃たれて、しかもマルコが現れたわけですから、調べ直すべき事案だと思われます」

話をしている間も、ロジは周辺へ視線を向けて歩いた。僕たちは、リンダが立っていた付近まで来た。

「リンダは、たぶん、森の方へ行ったのだと思います」ロジが道の先を指差した。

「ホログラムでなければね」

「ホログラムだったとしたら、光源がどこかにあって、それを持ち去った人がいたはずです」

「マルコだった可能性もあるよ」

しばらく進むと、斜め右へ入ることができる箇所があった。道というほどではないが、草が比較的少なく、少し先まで見通せる。

ロジがそちらへ歩くので、僕もついていった。草の間を抜けると、土地は下っていて、低い方向に風景が開けた。森に囲まれているが、五十メートルか百メートルほどの間は、大きな樹がない。何箇所か黒い岩があるだけだったが、それも大きなものではない。

「ここは、もしかしたら、池だったのかも」僕は言った。「周囲よりも低いね」

「だとしたら、あちらへ水が流れていたのですね」ロジが指差す。

やはり樹木が途絶え、低くなっている谷のような箇所が先にあった。僕たちは、窪《くぼ》みの中央へは行かず、周囲の高いところを歩くことにした。その方が見通しが利くからだ。

「ここは、誰の土地なのかな」僕は言った。「それらしい柵もないし、看板や表札のようなものもないね」

「勝手に入ってはいけない場所だったら、注意書きがあると思います」ロジが言う。

既に、丘の上の城跡やリンダがいた場所から、二百メートルほど東へ進んでいた。傾斜地に大きな岩が突き出ていたので、その横を登って、岩の上に出た。見晴らしの良い場所だ。振り返ると、丘の上の城跡が見えた。

「あの城の見張り台だったかもしれない」僕は言った。

「お弁当を食べましょうか」ロジが言う。

たしかに、それに適した場所かもしれない。僕たちは岩の上の比較的平たいところに、シートを敷いて座った。バスケットから、コーヒーポットを出して、それをカップに移した。一口飲んでみると、熱いコーヒーが喉《のど》を通過する感覚が格別だった。

サンドイッチを食べた。作ったばかりだし、場所がいつもと違うから、より美味しく感じられた。

「うん、これはけっこう良い感じがする」僕は呟いた。「こういうのって、しばらく経験がなかった」

「子供のときには、ありましたよね」

「そう、あったね。つまり、小さい子供は、親が楽しさを教えようと、やっきになっているんだね」

「そうなんですか……」ロジは笑った。「大人になっても、うーん、たとえば好きな人を楽しませようと、やっきになることって、あると思います」

ロジの言葉を頭の中で展開した。それを考えているうちに、沈黙の時間が過ぎてしまった。

ロジは周囲を見回した。

「誰にも見られていない？」僕は尋ねた。

「そうですね。狙撃《そげき》されやすい場所ですが、今のところ、危険は感じられません」

鳥が飛び立つ音がした。だいぶ遠い。ロジは素早くそちらを向いた。僕も見たが、鳥が羽ばたき、草原から上昇するところしか確認できなかった。

僕は、二つめのサンドイッチに手を伸ばした。

「誰か、います」ロジが小声で囁いた。彼女は、鳥が飛んだ方をじっと見て動かない。

僕も目を凝《こ》らしてみたが、人がいるようには見えなかった。もっとも、ロジの目の良さは特別なのである。

「ちょっと見てきます」ロジは、そう言うと、岩から身軽に飛び下りた。僕は下を覗く。着地して、走っていく彼女の後ろ姿が、みるみる小さくなった。

何をするべきか、と考えて、まずバスケットにサンドイッチとポットを仕舞い、シートも畳んで入れた。それから、登ってきた経路で岩から下りた。

道というほど顕著なものではないが、ずっと先まで筋が続いていた。既にロジの姿は見えない。しかし、僕はそちらへ歩くことにした。少し早足で、急いだ。

9

歩いても、風景は変わらなかった。左にも右にも森が見える。前方にはなにもない。周囲は草原だが、僕よりも背が高い草が多いので、ほとんど見渡せない。岩の上から見たのとは、大違いだった。

「ロジ」ときどき、小さな声で呼んでみたが、反応はない。大きな声を出すのは、まずいかもしれない、という意識が働いた。

道はしだいに曖昧になってきた。どこへでも行ける。道なりに歩いているというよりは、真っ直ぐに進んでいるだけだった。バスケットを片手に歩くような場所とはいえない。ほとんど自然の真っ只中《ただなか》のような気がしてきた。

「グアト」小さな声が聞こえた。

僕はほっとした。声の方へ進路を変える。左からだった。五メートルほど草の中へ入っていくと、少し先でロジが屈んでいるのが見えた。

「どうしたの？　ここでサンドイッチを食べる？」

「あそこの小屋に入っていきました」ロジが囁いた。

草を手で搔き分けて前方を見た。ロジが頭を下げるように、と僕の肩を押した。五十メートルほど距離があるだろうか、木造の構造物がある。小屋というほど立派ではない。ほとんど朽ちかけている。屋根はあるものの、あれで雨が凌《しの》げるのか、と疑わしいほどだった。ドアは既に外れていて、立てかけてあるだけ。窓などはない。

「こちらを見ていると思います。私が後をつけたことに気づきました」

「誰なの？　どんな格好をしていた？」僕は尋ねる。

「私たちが見たリンダだと思います。同じような、白い服を着ています。でも、綺麗なのは上だけで、ずいぶん汚れていますし、破れてもいました。帽子も被っていました。同じものだと思います」

「どうするの？」僕は尋ねた。

「なにか、危害を加えられたわけでもないので、警察を呼ぶのも大袈裟でしょうか？」

「そうだね……。まあ、あの壊れたドアをノックして、挨拶をするのが、一番良いように思う」

「そうですね。念のために……」ロジは足首のホルダに手をやった。

「銃は、持たない方が良い。私だけで行こうか？」

「いえ、もちろん一緒に行きます」

僕たちは立ち上がって、草の間を歩いていった。小屋に近づくと、周囲に廃品のようなものがあることに気づいた。なにかの機械か、あるいは日用品であるが、どれも使えそうもない。長く放置されているためだろう、色褪《いろあ》せているものがほとんどだった。

入口の手前で立ち止まった。あと五メートルほどだ。小屋の中は暗く、入口の半分以上を隠しているドアの隙間からは、中を窺うことはできない。

「こんにちは」僕は、少し大きな声を出して挨拶をした。「誰か、いますか？　もしいたら、出てきて、話をしてもらえませんか」

白い顔が、ドアの横から現れた。低い位置だ。跪いているのだろう。

「もし、嫌だったら、このまま帰ります」僕は言った。「私は、グアトといいます。こちらはロジです。私たちは、警察ではありませんよ」

「何を持っている?」女がきいた。ドイツ語である。

「これ?」僕は、バスケットを持ち上げた。「これはサンドイッチとコーヒーです。もし良かったら、一緒に食べませんか。そんなに沢山はありません。これは私が作ったものです」僕は、片言のドイツ語で話した。

女の顔が高くなる。立ち上がったようだ。僕は微笑んだ。隣にいる、ロジも笑顔になっていた。

「ごめんなさい、人を見かけたので、誰かと思って、ついてきてしまいました」ロジが話した。「追いかけたわけではありません」

女は、ドアの隙間から外に出てきた。ゆっくりと、警戒しながら、僕の方へ近づいてきた。

「名前は何というのですか?」僕は尋ねた。

「サンドイッチを食べても良いか?」女はきいた。

「ああ、ええ、もちろん」

僕は、彼女にバスケットごと手渡した。女は、その場に座り込み、バスケットの中に両手を突っ込んだ。包みを開けて、サンドイッチを摑んで食べ始めた。その仕草を見て、彼女が人間であることを、僕は確信した。少なくとも、ロボットやウォーカロンではこうはならないだろう。

「そのポットに、コーヒーがありますよ」僕は指差した。

あっという間にサンドイッチをすべて食べ尽くした彼女は、ポットの蓋を開けて、それを飲もうとした。だが、熱かったのか、噎《む》せたのか、口の横からコーヒーを溢《こぼ》し、そのあと咳《せ》き込《こ》んだ。

僕とロジは、じっと待った。女はバスケットの中にもう食べるものがないのを確認したあと、僕の方へバスケットを突き返した。

「ありがとう」礼を言ったのは僕である。そしてしばらく待った。

「ありがとう」彼女が、その言葉を発したので、僕はほっとした。これで、サンドイッチの元は取れたな、と思った。

「もしかして、貴女はリンダさんですか?」ロジが尋ねた。

「違う」彼女は首を横にふった。

「名前を教えて下さい」僕はもう一度きいた。

「ズザンナ」彼女は答える。「ふ……。名前なんて、何年振りかね」

「ズザンナさん、少しまえのことですが、城跡の近くで悲鳴を上げたことがあるでしょう？　私たちは、そのとき、あの城跡の丘の上にいました」

「知ってるよ」ズザンナは答える。「そのあと、警察が来て、しばらく隠れなくちゃいけなくなった」

「マルコを知っていますね？」僕は尋ねた。

「ああ、あいつのせいだ。あいつが、私のものを取った。ナイフで脅してね。愛想《あいそ》が尽きたよ」

「マルコがいる、あちらの大きな建物へ行ったことは？」僕は指を差して尋ねた。

「ああ……、あるけれど」ズザンナは答える。「なにか、いけないことかね？　私はなにも知らない。悪いことはしていないよ。ときどき、食べるものを、あの大男からもらっただけだ。マルコは、あそこに入り浸っていた。住み心地が良いからだろうね。私は嫌だね。あいつらは、信用できない」

「ヴィリ・トレンメル氏は、知っていますか？」

「あそこの主人だろう？　遠くから見たことがあるだけ。ロボットがいるんだ。私を雇ってくれるなら、ちゃんと働くけどさ」

「ああ、それは良いかもしれない。彼に話してみましょうか？」

「え、あんた、トレンメルの知合いなのかね？」

「知合いというほどじゃないけれど……。もちろん、話しても断られるかもしれない」

「断られるに決まっているさ」

「彼に頼まれて、なにか仕事をしたことは？」

「ないよ、そんなの」

「城跡の付近では、リンダとロベルトの幽霊が出るという話を聞きますけれど、ご存知ですか？」ロジが尋ねた。

「知っているよ」ズザンナは微笑んだ。「私を見たら、リンダだと思うらしい。驚くから、こちらとしては都合が良いってことさ」

「どうして都合が良いの？」ロジがきいた。

「驚いて逃げるだろう。食べ物を置いていくことが何度かあった」

「それを食べた」僕は念を押した。

「悪いかね？　捨てていったものじゃないか。大事なものなら、置いていかない」

「それで、幽霊のリンダがどんな格好かを調べたんですか？」僕は尋ねた。

「暇だからね、私は」ズザンナは笑った。「いけないかね？　ファッションは個人の自由じゃないか」

「そのとおり」僕は頷いた。「いけないかどうかは、ぎりぎりかもしれない」

「あんたらは、どうして幽霊を見て驚かないんだ？」彼女はきいた。「どうして、追っかけてきんだ？　変じゃないか」

「そうかな……」僕は、思わず唸ってしまった。この人物に言われることとも思えなかったからだ。

第4章　誰が人を造形したの？　Who shaped the human?

ぼくも一緒に連れてってよ。お願い。

それはできない。

お願いだよ、パパ。

できない。死んだ息子を腕に抱くことはできない。前はできると思っていたができないんだ。

絶対にぼくを置いてかないといったじゃないか。

わかってる。ごめんよ。でもパパの心は全部お前のものだ。今までもずっとそうだった。お前が一番の善い者だ。ずっとそうだったんだ。パパがいなくなっても話しかけることはできる。お前が話しかけてくれたらパパも話しかける。今にわかるよ。

1

僕たちは、駐車場へ戻る道すがら、話し合った。結局、ズザンナのことは、ブラウアには知らせないことにしよう、と決まった。それは、どちらかというと僕の意見で、ロジは折れた形だ。

いずれにしても、これで、僕たちが幽霊を見たわけではないことがはっきりとした。それだけでも、気持ちがすっきりするというものだ。

残る謎は何だろう、ということもロジと話し合った。彼女は、トレンメルの別荘で起きたトラブルの原因が究明されるべきだ、と言った。しかし、それは無理かもしれない、とも言った。もしトランスファの仕業だったとしたら、これまでにも同じようなことがたび たび起きていて、そのどれもが、明確な原因を解明するには至っていないからだ。

自宅に戻り、ロジはさっそく日本の情報局へズザンナのことを知らせに、地下室へ下りていった。

サンドイッチが充分に食べられなかったので、僕は残っていたパンにジャムを塗って食べた。地下室から上がってきたロジも、それに手をつけた。

「何て?」僕はきいた。

「いえ、なにも」ロジは短く答える。

ズザンナに対する指示は、しばらくあとになるだろう、とのことだった。特別に重要な人物とは考えにくいので、妥当なところである。

「それよりも、ヴィリ・トレンメル氏の所在が摑めなくなっているそうです」ロジが話した。「病院を退院したあと、行方がわからないと」

「情報局がそう言っているなら、本当に行方不明なんだ。もしかして、私たちがヴァーチャルで会った、あのときも?」

「そうみたいです」

「連絡はつくんだよね?」

「関係者とは、きっとついているのだろう、という推測だけですね。つまり、捜索願などは一切どこにも出ていません。それから、日本の本局だけが気にしているのではなく、情報機関がすべて探していて、国際的に情報を共有しよう、と既に取り決めをしたそうです」

「所在が不明だと、なにか不都合でも?」

「知りませんけれど、それくらい重要人物というか、情報局はマークしている、いえ、以前からマークしていた、ということでしょうね」

「ズザンナは、今後どうするのかな」僕は話を変えた。「心配ではあるね。でも、助けるといった考えは、私にはないけれど」

「福祉施設が支援をしているはずです。それを本人が拒否しているから、ああなるのだとは思いますけれど……」ロジは言った。「私は、食べるものくらい、ときどき届けてあげても良いかなと考えました」

「いや、しない方が良いと思う」僕は言った。「ごめん。言いすぎた。君の自由だ。私はしない、というだけ」

「どうして、助けてはいけないのですか？」

「うーん、わからない。でも、あの人を助けるなら、もっと困っている人が沢山いて、そういう人も助けないといけなくなる。たまたま出会った人だけ、というのは、どうなのかな、と感じるだけ。理屈ではないね、これは」

「私は、感謝されたいとは思いません。援助したことで親しくなられたら、ちょっと迷惑です。たぶん、そうなりますよね。グアトは、だから最初からやめておけ、という考えでは？」

「そうかもね。うん、それに近い。もっと言うなら、援助を期待されている、援助を望んでいる、というサインがないかぎり、余計なことのように思う。出しゃばることに抵抗がある。あの人の自由なんだ、一番大事なことは」

「そうですね」ロジは頷いた。「やめておきます」

「ヴィリ・トレンメル氏は、どこにいるのだろう？」僕は、話を戻した。「命を狙われたのだから、隠れるのは無理もないことだとは思うけれど」

「ヴァーチャルへシフトすれば安全なのに」ロジが言った。「彼なら、充分にその方面の備えがありますよね。あのヴァーチャルの別荘だって、そうとう資金と労力を注《つ》ぎ込んで作り上げた感じがしました。あとは、リアルのボディに見切りをつけるだけなのではないでしょうか。リアルに未練を感じるような人物とは思えません。きっと、大勢にそう話して、勧誘しているはずです」

「ビジネスとしては、そうだけれど、本人は百年以上まえに生まれた人なんだから、リアルから完全に撤退するのには、それなりに抵抗があるかもしれない。私よりもずっと歳上なんだから」

「具体的に、ボディをリアルから消し去るというのは、どんなふうな手続きになるのでしょう？　ビジネスでその勧誘をしているわけですよね。おすすめのコースというのは、ようするに自殺でしょうか？」

「さあね。あるいは、冷凍かもしれないし、ヴァーチャルへシフトしたあとも、生き続ける人だっているかもしれない。第二の人生みたいなものかな」

そうなると、事実上、自分が二人になるわけだ。この世に残った自分は、ヴァーチャルの自分と、ときどき面会したり、近況を聞くだけになるのだろうか。ある意味で、子孫を残したような具合かもしれない、と僕は想像した。

一時間ほど、仕事場で木を削っていたら、ロジが呼びにきた。地下室へ、と指で示した。そのサインでは情報量が少なすぎる。

「何？」

「オーロラが呼んでいます」

手を洗ってから、地下室へ下りて、カプセルに入った。

日本の情報局で、オーロラが待っていた。ヴァーチャルなのに、この背景はなかなか斬《ざん》新《しん》だ、と僕は思った。ただ、どの階なのかはわからない。詳しいデータではなく、仮想のものなのだろう。僕が、情報局だ、と感じただけのことかもしれない。オーロラは会議室のような殺風景な部屋へ、僕を招き入れた。

「ヴィリ・トレンメルは見つかりましたか？」僕は尋ねた。

「いいえ。そのことで、沢山の人が動いています」オーロラは答える。

「リアルの彼が、そんなに重要なのは、どうして？」

「やはり、資産家ですし、ドイツだけでなく、ヨーロッパの経済界、政界にも大きな影響力を持っています。しばらく姿を現さないだけで、大勢が心配していますし、万が一、彼が亡くなった場合には、ドイツ政府は責任を追及されます。このまえの事件がありましたから、退院したあと、しっかりと警備をしていたはずなのですが」

「でも、自分の病院へ移ったのでしょう？　だったら、自分から隠れようとしたわけで、これはどうしようもない。警察や情報局の責任ではないと思います」

「それが正しい理解ですが、世間は必ずしも正しく理解しようとはいたしません。自分がしたい理解をします」

「それで、私には、どんな用事？」僕は尋ねた。

「はい、もちろん、ヴィリ・トレンメル氏のことです。グアトさんとロジさんは、ヴァーチャルで彼と会っています。再会も可能な状態ではありませんか？」

「たぶん、訪ねていけば、会えると思いますよ。そのときのためのコードはもらっています」

「では、会って、少しでも情報を探っていただけないでしょうか」

「どんなふうに？」

「普通に、ただトレンメル氏と会話をしていただければけっこうです。その会話が、彼本人からのアクセスならば、信号を解析することで追跡が可能です。アミラと私が連携して、捜索いたします」

「ヴァーチャルに入る直前に、連絡をした方が良い？」

「いいえ、その必要はありません。常時待機しております」オーロラは小さく頷いた。

「かなり、本気になって探しているわけだ」

「本気というものは、私どもにはありませんが、重要であることは客観的評価です」

「わかりました」僕は頷いた。「ところで、トレンメル氏の別荘を襲ったトランスファは、なにか手掛かりが摑めましたか？」

「残念ながら、綺麗に痕跡を消していました。複数の知性が関与していると推測されます。あるいは、これは可能性としては低いのですが、トレンメル氏自らが絡んでいた可能性もあります」

「え、どういうことです？　自分を暗殺させた、ということ？」

「その可能性が排除できません」

「うーん、それだと、たしかに綺麗に痕跡を消すでしょうね。この世に未練はない、ということかな」

「彼には、電子界に有力な後ろ盾がいます。その影が、方々で見え隠れしているのですが、未だ、具体的な人物、あるいは人工知能が特定されません。どこにエネルギィ源を持つサーバなのかもわかっていません。それらを含めて、リアルのトレンメル氏は、唯一の糸口であり、ターゲットなのです。彼の所在を見失うことは、大きな損失となります」

「そういうものですか」僕はまた頷いた。「ま、できるだけのことはやってみましょうか」

「リアルの彼の別荘へも、もう一度足をお運び下さい。なにか手掛かりが摑めるかもしれません。これは、私ではなく、ロジさんの上司からの伝言です」

「その伝言を、貴女はどれくらい評価していますか？」

「評価していません。でも、そうですね、人間の勘というのは、ときに評価を覆す成果を挙げるものです。これは理屈ではなく、統計的な事実です」

2

さっそく、ロジと一緒に、トレンメルのオフィーリア荘へ向かった。ブラウアに連絡したところ、大歓迎です、と喜ばれてしまった。彼は現在、まさにその現場にいるらしい。ロジのクルマで行くのは、初めてのことだ。オープンカーなので、途中の森の匂《にお》いがよくわかった。別荘のゲートは壊れたままで、まだ修復されていなかったが、規制のバーが左右に渡されていた。警官が立っていて、僕たちを見て、それを取り除き、通してくれた。

ブラウアが、玄関まで出迎えてくれた。警察のクルマが三台、玄関のすぐ前に駐車されている。事件のあと、この場所は警察の鑑識が調べることになったが、それは、玄関前の屋外と運転手やマルコが使っていた地下室がメインだったという。そのほかの室内は、当初は捜索の許可が下りていなかった。ヴィリ・トレンメルが意識を取り戻し、捜索の許可は下りたが、施錠されている箇所を開けることはできない。持ち主の立ち会いが必要だが、ヴィリ・トレンメルは行方不明だ。

「ご本人がいませんし、ロボットもいない、玄関は施錠されていない状態のままです。事実上、廃墟《はいきょ》のようなものですね、ここは」ブラウアは言った。「だいたいの部屋は、見て回りましたし、写真を取ったり、センサで検査をしています。特に不審なものはありません。ただ、非接触でお願いします。ものを動かしたりは、できるだけしないで下さい」

「そんな規則なんですか」僕は笑った。「非接触といっても、光を当てたりはしているわけでしょう？」

「この屋敷を管理・保全している、というのが、今の警察の立場です」

食堂とプレィルームをざっと見たあと、僕たちは階段を上がり、二階の通路に出た。自分たちが泊まった客間には興味はない。まずは、ヴィリ・トレンメルの書斎へ直行した。ヴァーチャルの別荘とは左右が反対なので、間違いそうになった。紛らわしいことをしてくれたものである。

書斎も施錠されていなかった。本棚が並ぶ広い部屋に入る。もちろん、誰もいない。僕は書棚に近づき、窓際にある本の背表紙を眺めた。それらのタイトルは、ヴァーチャルの書斎で見たものとは異なっていた。本はそれらしく綺麗に作られているが、目を近づけてじっくりと見ると、偽物の書籍だとわかった。背表紙ではなく、ページが重なっている部分で、それがわかる。紙が重なったものではないのだ。つまり、このリアルの書棚の方が、ヴァーチャルだということになる。

ロジとブラウアは、トレンメルのデスクの近くにいた。赤い箱を眺めていたようだ。僕もそちらへ行った。デスクの後ろにある大きな椅子を見る。デスクの下も覗き込んだ。

すると、そこに杖が落ちていた。

「トレンメルさんの杖があります」僕はブラウアに言った。「私が、彼の病室へ届けたものです」

ブラウアが、こちらへ回ってきて、膝を床について、杖を観察した。

「同じものですか？」ブラウアがきいた。

僕も、膝を折って、その杖に顔を近づけた。ブラウアが、小型のライトで、明るくしてくれた。

「同じものだと思います」僕は答えた。「ここの、先のところに傷がありますよね。私がこれで、運転手のボブを叩いたときに、できたものだと思います。最初に拾ったときには、無傷でしたが、あとで見たら、傷がついていたので、覚えています」

「ということは、トレンメル氏は、病院を退院したあと、一度ここへ来た、ということですね」ブラウアは立ち上がりながら言った。「次の病院へ行くときに、これを忘れていったということになります」

「その確率は高いとは思いますが、彼が来なくても、誰かが杖を持ってくることで、同じ状況にはなりますね」僕は、単に理屈として述べたが、その確率は低いと思った。「ただ、彼がこれを忘れていくでしょうか？　玄関まで歩くのだって、大変だし、立ち上がったら、杖がないことに気づくのでは？」

「車椅子を使ったのかもしれません」ブラウアは言った。

「それらしい跡が、床にはありませんね」ロジがすぐに言った。彼女は立ったままだったが、既に床を目視で検査したのだろう。

その部屋を出て、通路を歩いた。客間も確かめたが、異状はない。誰もいない。しかし、家具もベッドもシートも綺麗に整っている。まるでヴァーチャルの初期状態のように。

「おかしいな」僕は呟いた。「私たちがこの部屋を出たあと、すぐにロボットが襲ってきて、ロジが銃で撃ちましたから、この部屋のサービスをすることはできなかったはずです」

「やはり、トレンメル氏や、彼の使用人が、ここへ来た、ということですね」ブラウアが言った。「いつのことでしょう。夜は、警察がずっとゲートを見張っています」

「裏口から入ったのでは？」僕は言った。

「そんなことをする理由が、考えられませんが……」ブラウアは首を傾げた。

地下室を見にいった。運転手のボブの部屋には、警察の係員が二人いて、センサなどで調査をしている最中だったので、部屋には入らず、入口から眺めるだけにした。先日ヴァーチャルで見たときと変わりはない。すぐ横にあるガレージを見ると、小さい方のリムジンがあるだけだった。

「ロジさんが壊したリムジンは、まだ警察にあります」ブラウアが言った。「事件の重要な証拠品ですから」

「あの修理代を請求されないか、心配しています」ロジが言った。これは社交辞令だろう。

「いえ、そんなことにはならないはずです。そもそも、ヴィリ・トレンメル氏がそんなことはなさらないでしょう」

「あのとき、警察と連絡がつきませんでしたが、妨害信号を出していたのは、どこだったのでしょうか？」ロジが、急に話題を変えて尋ねた。

「わかりません。この屋敷のどこかとしか……」ブラウアは首をふった。

「コンピュータに記録は残っていませんでしたか？」僕は尋ねた。

「それが、そういった記録を持ったメモリィが、発見されていないのです」

「書斎にあった赤い箱は？」

「いえ、あれは、ルータですね。単なる中継機のようです。CPUとメモリは、見つかっていません」

「え、そうなんですか。客間には、ルーム・コンピュータがありましたよ」

「客間にも、同じようなルータが天井に仕込まれていますが、コンピュータの本体はありません」ブラウアが細かく首をふった。

「もしそうだとしたら、どこかへ移動した、つまり持ち出されたのかもしれませんね。ないということは、ちょっと、ありえない」

「通信妨害は、ある程度の高速演算機能を持ったものでないとできません」ロジが話した。「私が警察を呼んだときに使った通信は、一般のもので妨害することは不可能です。トランスファが複数常駐しているものと想像していました」

「まだ、屋敷の全域を調べたわけではありません。非接触で、センサなどを使って、ざっと観察したにすぎません」ブラウアはそこで、大きく息をした。「もっと詳細な調査を申請しているところです。裁判所が判断しますが、トレンメル氏に連絡がこのままつかない場合でも、数日で許可が取れる可能性が高いと思います」

ガレージにあるものも、特に変化はないようだった。運転手のボブは病院で治療を受けながら、警察の保護下にある。一方、マルコは釈放され、警察が尾行しているらしい。この館へは近づいていない、とブラウアは話した。

「だいたい、町の中心地付近にいますね。知合いを頼っている状況のようです。仕事はしていませんが、ベーシックな保護は受けています。彼は前科もありません。警察が尾行できる期間も、法的に限界があります」

「誰かに、ロベルトの幽霊の振りをしろと頼まれた、としても、それも犯罪とはいえませんね。人に危害を加えたわけではないのですから」僕がそう言うと、ブラウアは苦笑いをして頷いた。

僕たちは、トレンメルの別荘を辞去し、ロジのクルマで帰宅した。どこにも寄らなかった。車中では、サンドイッチを作ってピクニックをやり直すか、という話題になったが、二人とも溜息をついただけだった。頭の中で展開し、ピクニックにいったつもりになれば良いか、といったところだろう。こうしてみると、人間の頭脳には、もともとヴァーチャルの機能が備わっているようだ。電子界に作られたヴァーチャルは、人間の頭の中の機能をただ外に取り出しただけのものなのだ。

3

その日の夜、リビングでコーヒーを飲んで、僕は窓ガラスに映る自分の姿を、ぼんやりとした焦点で見ていた。ロジは、バスルームだった。

気になる点があった。

ヴィリ・トレンメルは、どうして僕たちをヴァーチャルの別荘へ招いたのだろうか。それ以前に、どうして僕たちをリアルの別荘へ招いたのだろう?

僕たちは、城跡の近くで幽霊に遭遇した。それは実は幽霊ではなく、リアルの人間だった。二人はなにも話していないが、あまりにも偶然すぎる。おそらく、幽霊に似た人物が人選され、金を与えられて演じたものだろう。すなわち、僕とロジは幽霊を見せられたのだ。

そのあと、僕がロベルトと会ったことが、ほかの目撃証言とは違ってリアルだったという理由で、ヴィリ・トレンメルがわざわざ会いにきた。そして、彼の別荘、オフィーリア荘に招待された。ここでまた偶然なのか、アクシデントが発生した。そして、その次はヴァーチャルの別荘へ招待された。

こうした経緯を振り返ると、結局はすべて、そして最初から、意図的に僕たち二人にアプローチし、体験させようとしているように思われる。なにかを伝えたい、ということだろうか。

その発信源は、おそらく、ヴィリ・トレンメルではないだろう。彼だったら、もっと直接、言葉にして明確に伝達ができる。いつでもその機会があったはずだ。

むしろ、彼は単なる人形のように、操られている可能性がある。後ろ盾となっている誰かが、すべてを計画し、実行した。しかし、その誰かは、メッセージを直接伝えてはこない。それができないのか？

何故だろう？

最も可能性が高いのは、その誰かが、この世の人間ではないからだ。

僕に、何が言いたいのだろう。伝えたいことは何だろう?

言葉ではいえないことだ。

言葉にならないような、メッセージ?

僕は、これまで体験したこと、見てきたものを、頭の中でざっとスキャンしてみた。なんらかの意図を読み取って、それに応える必要があるのでは、という切迫した雰囲気のようなものを感じた。抽象的にだが、それを感じないわけにいかなかった。なにしろ、それを見たのは、僕だけだからだ。ロジも見ているけれど、明らかに、僕が対象だったはず。

目を瞑って、ソファの背もたれに頭を乗せていた。

「お休みですか?」ロジの声が近くで囁いた。

僕は目を開けて、彼女の顔を見た。

「コーヒーを飲む?」僕はきいた。だいたい、それを淹れるのは僕の役目だ。

「いいえ」ロジは断った。「シャワーを」

次は、僕がバスルームを使う番だ、ということ。僕は立ち上がろうとしたが、そのとき頭に過《よぎ》ったことで、目を細め、息を止めた。

ロジは黙っていた。こういうときは、言葉は邪魔だとわかっているからだ。

「そうか……」僕は小さく呟いた。

「なにか、気づいたのですね?」ロジが期待の表情で尋ねた。

「考えをまとめてくるから、ちょっと待っていて」僕は立ち上がった。「シャワーを浴びてくる」

僕はバスルームに入った。

もう、考えはほぼまとまっていた。

そうか……、あそこに彼はいるのだ。

僕に会いにきてほしい。呼んでいるのだ。

でも、どうして？

どうして、僕に来てほしいのだろう？

なにか、僕にできることがあるだろうか？

そこが、わからない。

何だろう？

まだ、なにかを、見落としている？

僕は、お湯を頭から被った。頭が温まれば、少しは頭が働くかもしれない。

なんとなく、引っかかることがあったじゃないか。

あれ？　どうしてだろう？

そう感じたことがあった。何のときだったか。

いつだった？

お湯を被りながら、自分の最近の体験を順にスキャンする。映像がつぎつぎと移り変わった。早回しになり、疑わしいところではスローモーション、また、気になるところはリバース。

そうだ、あのとき……。

あれか？

あれが、つまり……。

シャワーを止めて、急いで躰をタオルで拭《ふ》いた。躰なんてものがあるから、こんなにじれったいのだ、と感じる。服を着て、外へ飛び出した。

リビングでは、ロジがソファに座って待っていた。

僕が行くと、ここに座れ、と片手で示した。僕は、彼女の隣に座った。

「わかった」僕は言った。

「そうみたいですね」ロジが微笑む。「でも、髪が濡れていますよ」

「日本から、ジェット機を呼んでほしい」僕は彼女に言った。

ロジは、少し目を細め、無言で首を傾げた。

「まず、トレンメル氏の別荘へ行く」

「ジェット機で？」ロジが目を見開いた。

「いや、そのまえに、ブラウアに連絡しないと」

「どうか、グアト……」ロジが、両手を開いて見せる。「落ち着いて下さい。明日でも良いことでは？」

「うん、まあ……、今日は、もう遅いから。ひとまず、寝て、明日の朝に出発しよう」

「サンドイッチを持って？」ロジは笑っている。

「ああ、それは良い考えだ。そうしよう。材料はまだあったはず」

「ジェット機は？」ロジは笑ったまま尋ねた。

「すぐ呼んで」僕は答えた。「明日の朝には、こちらへ来られるよね？」

「わかりました。呼びます」ロジは頷いた。「時間は充分にありますし、その……、概略でけっこうですから、私に説明して下さい」

4

意外なことに、その夜はぐっすりと眠ることができた。大きな期待というものはなく、ただ、何がそこに待ち受けているのか、という可能性を沢山思いつき、それらについて、それぞれ対処を考えていた。

ロジにも、できるだけ丁寧に話をしたつもりだが、彼女は首を傾げるばかりで、「だから、何なんですか？」を五回も口にした。

そうだ、だから何なんだろうか?

それは、彼にきいてもらいたい、彼に言ってほしい台詞だ。

ブラウアに連絡し、許可を得た。

僕とロジは、サンドイッチを作った。ジェット機の中で食べることになるだろう。

もちろん、熱いコーヒーも用意した。

バスケットを持って、玄関から出ると、向いの家の玄関から、ビーヤが顔を出した。

「また、ピクニック?」彼女がきいた。

「はい、またピクニックなんです」僕は答えた。「なんだか、ちょっと熱中している感じですね」

「熱中?」ビーヤが不思議そうな顔をした。

僕たちは、村の方へ歩いていく。目的地は、歩いていけるところではない。少し離れたところでコミュータが待っている手筈《てはず》だった。それに乗って、まずはトレンメルの別荘へ向かった。

またも、ブラウアが待っていてくれた。この男は誠実な人間だな、と僕は感心した。きっと出世するだろう。

事情は話してあったし、正式な許可は得られないものの、理解は得ていた。借用書にサインをすればOK、ということになった。

僕たちはヴィリ・トレンメルの書斎へ向かい、デスクへ直行した。そして、デスクの下にあった、彼の杖を僕は摑んだ。

ブラウアがホログラムで差し出した書類に、僕は空中でサインをした。

ちょうどそのとき、轟音《ごうおん》が聞こえてきた。外にジェット機がやってきたようだ。さすがに日本の情報局だけのことはある。オンタイムだった。

ブラウアに礼を言って、僕たちは玄関から出た。彼も一緒に外に出て、僕たちがジェット機に乗り込むところを見送ってくれた。この状況について、彼はなにも尋ねなかった。僕たちが何者なのかを、把握しているということだ。帰ってきたら、一度一緒に食事をしましょう、と僕に言ったので、僕は、喜んで、とブラウアに答えた。

ジェット機に乗り込む。僕が前で、後ろがロジ。二人乗りの小型機だった。日本の情報局のジェット機であるが、ロジによると、ドイツ製だそうだ。これは、ブラウアに話せば喜んだかもしれない。彼は、僕たちが一般人ではないことに、いつ気づいただろう。だいぶまえから知っていたかもしれない。それを話に出さないようにしてくれていたのは、彼か彼の上司が、的確な判断をした証拠だ。もちろん、質問されたら、個人でチャータしたと答えるだけだ。

「どれくらいかかるの？」僕はロジに尋ねた。

「約十時間です」彼女は答える。

ロジも、アバウトなことを言うようになったものだ、と感慨深い。僕は一人笑った。距離は九千キロほどだそうだ。時差のことを考えて、できるだけ眠ろう、と僕は思った。ジェット機は、無着陸で飛ぶらしい。途中で、民間機から空中給油を受ける、とも聞いた。日本の情報局にちょっとした負担をさせてしまったけれど、それでも元が取れるとの判断があったことは確実である。人間も組織も、メリットのないことでは動かない。

三度くらい目が覚めて、少し風景を見たけれど、いつも空と雲しかなかった。幸い、ずっと明るかった。だいたい太陽と同じ方向へ進んでいたからだ。十時間飛行しても、時差が七時間なので、三時間後に到着することになる。ちょうどお昼頃だった。

ジェット機で現地に着陸する許可は、降り立つ三時間ほどまえに下りたそうだ。周辺は国立公園になっているらしいが、その一帯は、ある企業が投資をし、管理もしているという。観光的な価値はあるものの、観光業そのものが成立しない時代となって久しい。自然保護には、世界的なコントロールが必要になり、世界政府が認める企業が管理を任される形になっている場合が多い。企業には、僅かな宣伝効果と、その土地をある程度開発・利用する権利が与えられる。たとえば、地下深くに工場を作ることは許可される場合がほとんどだ。この地も、まさにそれだった。

ジャングルの一角に遺跡がある。石造の構造物で、ピラミッドに類似した四角錐《しかくすい》の形状だった。天文台だともいわれている。その近くに簡易な飛行場があり、ジェット機はそこに着陸した。飛行場といっても、一般に利用されているわけではなく、基地と呼んだ方が適当かもしれない。簡易な格納スペースと給油が可能な設備がある程度だそうだ。着陸するときに見えた広場以外、周囲はジャングルのままだった。

ジェット機から降りても、誰もいなかった。格納庫らしきもの以外に建物も見当たらなかった。こんな場所で大丈夫なのか、とやや不安を感じた。空気は暖かいというよりは蒸し暑い。日差しが照りつけている。

ロジが辺りを見回し、通信をしているようだった。五分ほどすると、タイヤの大きなクルマが現れた。屋根は、布かビニールで覆われている。良くいえば、質素なものだった。これでも自動で動くようだ。

僕たちは並んで乗った。ロジが運転席に、僕は助手席である。ステアリングはあったが、ロジはそれを握っているわけではない。クルマはすぐに走り始めた。

ジャングルの中を突き進んだ。道路は舗装されていない。左右に大きく揺れるので、ドアの取手を摑んで躰を支えた。

「案内人がいると思った」僕はロジに言った。

「いるはずです。もうすぐ現れると思います」ロジが答えた。

二十分ほど走ったところで、白いシャツの若者が立っていた。現地の人間ではなさそうだ。白人で金髪だったからである。ただ、半袖《はんそで》半ズボンで、白いヘルメットを被っている。どう見ても、ラフな服装である。

「こんにちは」彼はお辞儀をした。「私はピータです」

僕たちは、クルマから降りて、それぞれが名乗った。認識信号などは使われないようだ。

「こちらです」ピータが白い歯を見せ、にこやかに歩き始める。「ここは、暑いよね。滅多に人は来ない。あんたたちは、何をしにきた？　いやいや、それはきかない約束だったね。うん、でも、あんまり珍しいからさ」

「人がいないのに、君はこの辺に住んでいるわけ？」僕は質問した。

「そう、住んでいる。それが俺の仕事だから」ピータは答える。

それから、彼が毎日何をしているのかを聞くことになった。植物を採る。水を汲み上げる。一日に一回通信をする。そんなところだった。彼はたった一人だという。話を聞いているうちに、ウォーカロンだとわかった。しかし、珍しいタイプで、僕も自信が持てない。彼の脳波を測定したいと思った。

突然、ピータが立ち止まった。彼はこちらを向く。顔は相変わらず笑っていた。何がそんなに楽しいのか、とききたくなる。

「どうしたの？」ロジがきいた。

「ここ」ピータは答える。

「ここ?」僕は、言葉を繰り返し、周囲を見た。

今まで歩いてきたジャングルの道のまま。その途中である。特に変化のない場所だった。広場でもないし、目立つものもない。すべてが、これまでと同じだ。

「あの樹」ピータは指差した。どうやら、五メートルほど先にある低い樹のことらしい。

「あれが、入口だね」

樹の高さは五メートルほどしかない。ただ、幹は太く、枝は周囲に伸びている。捻《ね》じれるように曲がりくねった枝だった。樹の根元には、周辺同様に低い草が繁っている。

「あの樹のどこ?」僕はそちらへ近づこうとした。

「危ない!」ピータが叫んだ。

その声にびっくりして、僕は立ち止まり、振り返った。

「穴がある」ピータはまだ笑った顔だった。「危ない。落ちる」

ロジが草を掻き分けて、穴を覗き込んだ。僕も見た。思っていたよりも、小さな穴だった。直径は一メートルもないくらいだ。深くて、底は見えなかった。

「本当に、その穴なの?」ロジが尋ねた。

「本当に、この穴なの?」ピータが答える。「下りてみたらわかるよ。俺はいつも、水を汲みにここへ来る。水は、うーんと沢山、下だね。長いロープで、バケツを下ろす。手応えがなくなると、水にバケツが届いたこと。そうしたら、バケツの底に結んだ方のロープを引く。バケツが倒れて水に沈む。それも、ロープの手応えでわかる。ほら、わかったか？」

「人間は、どうやって下りるの？」ロジが尋ねた。

「人間も、ロープで下りる」

「ロープはどこにあるの？」ロジがきく。早口になっている。

「そのクルマに載っている。道具もある。大丈夫。全然ＯＫ。難しいことじゃない」

「ちょっと待って、ほかに方法はないのかな？」僕は、彼に質問した。

「ほかに方法？　穴に下りる方法のことか？」ピータがきき返した。

「そうだよ」

「ほかに方法があったら、それで水汲みが楽になる。教えてくれ」

「ロープを使う以外にないのか、ということ。たとえば……、ウィンチとか、クレーンとか、ドローンとか、そういう機械を使う方法」

「そういうものは、ないよ。ここに、ロープだけがある」

「あそう……」僕は頷いた。そして、ロジの顔を見た。「ここまでジェット機で来たのに、詰めが甘かったようだね。どうする？」

「下りるしかありませんね」ロジが答えた。

「誰が？」僕は尋ねる。

「私は下ります」彼女は言った。「しっかりとしたロープがあれば、下りていけると思います」

「何十メートルもあるんだよ」僕は言った。「万が一落ちたら……」

「水の中」ピータが言った。

「そうか、水なのか。でも、上ってこられなくなるんじゃないかな」僕は言った。「どうやって、戻るわけ？」

「誰か、呼ぶ」ピータが答える。

これは、そのとおりだ、と僕は頷いた。

「穴の中から、電波が届くかな」僕は言った。

「私が上がってこなかったら、情報局に連絡して下さい」ロジは、僕に言ったようだ。

「ＯＫ、ＯＫ」ピータが勢い良く答えた。「大丈夫」

5

ところが、クルマにロープを取りにいって、思わぬ展開となった。真新しいツールボックスが載せられていて、ロジがロックを解除すると、ワイヤロープのほかに、各種の装備が収納されていた。ライトつきのヘルメット。ライフジャケット、ロープを昇降するための小型の動力装置、そして、小さなポリ・ボートなどである。日本の情報局が手配をして、こちらへ送ったものだとわかった。

しかも、二人分だった。

「二人で行くしかありませんね」ロジが言った。目が笑っているように見えた。

「いやあ、自信がない。高いところは苦手なんだ。知っているだろう?」僕は首をふって言った。

「私だけが行っても、話が通じない可能性が高いと思います」ロジが言った。「できれば、グアトと一緒の方が、任務の成功確率的にも良いかと。これだけの装備があれば、安全です」

十秒程で決心をした。たしかに、自分が言い出したことだし、僕が行かないと意味がないのは、そのとおりかもしれない。僕は持ってきた杖を握り締めた。

僕たちは、ライフジャケットを装着し、ヘルメットを被った。ロープの端は、樹の幹に固定しておく。僕は杖を背中に縛ってもらい、ポリ・ボートはロジが背負った。リュックくらいの大きさだが、けっこう重そうだった。穴の中で、気体の化学反応で膨張させる仕掛けのものである。そのボートがあれば、泳がなくても良い。

ロジが、さきに穴の中に入った。ロープから躰が離れない金具を装着し、昇降機もセットする。バッテリィ駆動のものだ。

彼女が二メートルほど下りたところで、僕が続いた。地面に腰を下ろし、躰を穴の中に入れ、ロジに言われる手順で金具や昇降機を装備する。難しいことではない。

「頑張って」ピータが上から言った。そして、片手を振った。

しかし、もう両手が塞《ふさ》がっているから、応えられない。ロープに掛けた金具を左手で摑み、昇降機を右手で摑んでいる。体重をかけていくと、昇降機が頭の上に来る。つまり、ぶら下がっている状態になった。脚はフリーになっている。ふらついているうえ、回転しそうだった。ロープが捩《ねじ》れるからだ。

「下りますよ」ロジが言った。

下を恐々《こわごわ》覗くと、ロジが音もなく下がっていった。あっという間に五メートルほど穴の中に入った。僕も昇降機のスイッチを操作し、少しずつ下がった。相変わらず回転して、周囲の岩に躰の方々が接触する。目が回りそうだが、目を瞑っていれば大丈夫かもしれない、と思った。

暗くなった。同時に、空気が冷たくなった。さきほどまで暑かったのだ。上着を脱ごうかと思っていたが、ロジが、中は寒いはずだ、と言ったので、そのまま着てきた。その上着の上にライフジャケットを着ているので、寒くはない。

闇の中になり、もう回転しているのもわからなくなった。上を見ると、小さな白い明りがあって、それがゆっくりと回っている、というだけだった。

ヘッドライトが点灯していることに、ようやく気づく。初めは、数メートルほどのところに岩肌が見えた。しかし、それもなくなった。近くに光を受け止めるものがない。下を向くと、ロジのヘッドライトが光っているのが見えて、彼女との距離がわかった。

「大丈夫ですか？」ロジが下からきいた。

「なんとかね」僕は答える。「ヴァーチャルだと思えば、どうってことないかな」

「そう思って下さい」

「あと、どれくらい下がるの？　というより、どれくらい下がったのかな」

「もう、二十メートルくらい下がりましたね」ロジが答える。「昇降機に表示が出ていますよ」

上を向くと、頭の少し上の昇降機にデジタル表示の数字が見えた。小数点以上は、十八から十九に変わろうとしていた。

「あと、三十メートルくらいでしょうか」ロジが言った。

彼女の声が、最初は反響していたのだが、今はそれがない。周囲の壁が遠ざかった、つまり、さらに広い空間に出たということだ。

昇降機の摩擦音と、自分の呼吸の音しかしない。暗闇にはなにもいないようだ。鳥はここへは入らないのだろうか。あの穴の大きさでは、小さな鳥以外は無理だろう。

「あそこ」ロジが言った。

「え、どこ?」僕はきいた。

「明かりが見えます」

僕にも見えた。淡い黄色の光だった。同じ大きさのものが複数ある。

「やっぱり、ここでしたね」ロジが言った。

僕が伝えた情報から、オーロラとアミラが、演算した結果だった。世界でここだけが、条件に合致する、と割り出されたのだ。

「少し待って下さい。水面に到達しました」ロジが言った。僕より五メートルくらい下にいる。そちらへライトを向けると、水面がどうにか確認できた。透明度が高いのか、入射角が大きいこともあり、ほとんど反射しない。

ロジが、背負っていたポリ・ボートを水面に落とした。小さな炸裂音がしたのち、みるみるそれが大きくなり、折れ曲がっていたものが開き、膨らんで、ボートの形になった。十秒もかからなかった。ロジがロープでそれを引き寄せ、脚を伸ばして、そっとボートに下りて、すぐに屈んだ。

「下りてきて下さい」彼女が囁いた。

ぎりぎりまで昇降機で降下したが、ロジの昇降機にぶつかって停止した。ロープと昇降機は、このままにしておくことになっている。足の先が、ボートの縁に触ったようだ。ロジが、ボートの位置を修正してくれたので、昇降機とロープの金具を外し、僕は飛び下りた。

ボートには、ウォータ・ジェットが装備されている。泡を吐き出しながら、方向を変えつつ、前進を始めた。明かりが灯っている方向へ進む。

「あれを造るときは、大変な工事だったのでしょうね」ロジが囁いた。

この地下の洞窟の中に、大きな建築物を造ったのは、いつのことだったのか。入口は、直径一メートルの細い穴だ。そこからすべての材料を入れて、洞窟の中で組み立てた。それはまるで、ボトルシップの工程だ。違いは、ここが地下洞窟である点である。ボトルのように透明で外側から眺められるわけではない。

ゆっくりと、近づいてきた。

思ったとおり、ヴィリ・トレンメルの別荘と同じ建物だった。大きさもほぼ同じだろう。ただ、左右が反対になっている。

僕は、その理由が知りたかったのだ。おそらく、融通が利かない地形に起因したものだっただろう、と想像していた。そして、その理由が、ボートが接岸したときに確かめられた。

建物は、ほとんど岩と同化したように埋め込まれている。大きな二階建ての建物の半分以上は、岩の中だ。つまり、岩を掘削して作られたのか、それとも、その部分の建物は存在しないのか、いずれかだろう。どうにか歩ける、平たい場所は僅かしかなく、湖岸から玄関までのアプローチも数メートルしかない。その玄関の向きが、どうしても逆にできなかったのだろう。主な理由は、湖岸の形状と洞窟の岩壁の角度、そして陸地ともいえる平面形によるものだ。地上の土地のように、重機で削ることができず、埋め立てることもできない。土地の条件に合わせて、同じ建物を建造するためには、左右逆の平面計画にするしか選択肢がなかったのだろう。

僕とロジは上陸した。ボートは水面から引き上げ、岩の上に置いておくことにした。ずぶ濡れにならずに、ここに来られたことは幸運だった、と僕は思った。

ヴァーチャルで歩いたときと、ほぼ同じ風景だったが、足許が見えにくく、また滑りやすいことがわかったので、注意をして歩いた。

玄関のドアを、ロジがノックした。

十秒ほど待ったが、応答はない。呼び鈴やインターフォンのような設備はなさそうだった。ここへ訪ねてくるような人間は、まずいないはずだ。というよりも、もしこの屋敷に住人がいるのなら、既に僕たちの訪問を察知しているだろう。

もう一度ノックしたが、同じだった。

ロジは、片手を伸ばして、そのドアを少し引いた。施錠はされていないようだ。彼女は中を覗き込んだ。狭い隙間から、なるべく広い範囲を見られるように、顔を左右に動かす。彼女のもう片方の手には、小型の銃が握られ、その銃口はドアの隙間の中へ向けられていた。

6

ロジは、ドアを開けて、躰を横向きにして中に入った。僕には待つように、と手を広げた。彼女は、姿勢を低くし、音も立てず左右へ銃を向けた。

静まり返っている。玄関ホールには、淡い明かりが灯っていた。ロジが手招きしたので、僕は中に入り、静かにドアを閉めた。

玄関ホールは、オフィーリア荘とほぼ同じだった。奥に階段がある。外の状況から考えて、その階段は岩の中になるはず。ロジは既に、ホールの中央から、階段を見上げている。僕も少し前進して、プレィルームを覗き込んだ。ビリヤード台がある。壁にはダーツの的が見えた。続いて反対側を見る。食堂には、テーブルがあり、椅子も並んでいる。だが、無人である。どちらの部屋も、明かりは消えているので、手前は見えるものの、奥は闇の中に沈んでいた。

幽霊が現れるのは、こんな場所だろうな、と僕は思った。空気は湿っている。空調されているはずだが、それでも快適とはいえない。エネルギィを節約しているのだろう。

階段を上がっていく。ロジは、踊り場まで一気に上がり、低い姿勢で上へ向けて銃を構えた。彼女はそこで立ち上がり、まだ二階へ視線を向けている。

僕が上ると、ステップが軋《きし》んで音を立てた。静かに上ることは難しい。木材が老朽化しているのだろう。これは、ヴァーチャルのように設定ではないはず。階段には窓があるが、この窓の外は岩肌のようだった。スクリーンにして、風景を映すような処理はされていない。ここは、まちがいなくリアルなのである。

階段を上がり切り、通路に出た。右か左か、迷った。外の岩の形を思い出し、左へ進むことにした。つまり、ヴァーチャルで訪れた別荘と同じ。ドイツにあるオフィーリア荘とは逆である。反対方向の通路は途中までしかなかった。壁ではなく、岩がそのまま現れていた。

突き当たりのドアまで来た。通路は、僅かだが照明されている。ドアの付近は、特に暗くはない。二階では最も明るい場所かもしれない。

僕がドアをノックした。

返事はない。

ロジがドアに耳を当てて、中の様子を探ろうとした。

ドアノブに手をかけると、やはり施錠されていなかった。僕は、ドアを少しだけ引いた。蝶番《ちょうつがい》が高い音を発した。何年も開いたことがないドアのようだ。

光が漏れ出る。室内は真っ白に見えた。

目を細め、さらにドアを引いた。ロジが部屋の中へ飛び込んでいった。

少し遅れて、僕は顔を出して、室内を見た。

ロジがドアからすぐのところで、片膝をつき銃を真っ直ぐに前方に向けている。

誰もなにも言わない。

言葉はなく、音もなく、光に包まれた空間があった。

デスクのむこうに、人がいる。

動かない。

ロジは、銃を構えたまま立ち上がった。

僕も部屋の中に入った。後ろでドアが閉まる。その音が、信じられないほど大きく響いた。

次は静けさだけ。誰も、まだ動かない。

デスクの両側と奥には、書棚が並んでいる。まったく同じだった。窓は縦に長い。どの窓も、外は暗闇だ。明るい室内を映していた。

「こんにちは」静けさが怖くなって、僕は言った。

声は、反響しない。むしろ、反響がなく、自分の躰を伝わる音波しか感じられないような、夢の中にいるような感覚だった。部屋の壁、床、天井、そして家具などが、完璧《かんぺき》な吸音機能を発揮しているのかもしれない。

明るさに目が慣れてきた。しかし、静けさには慣れない。自分の息遣いしか聞こえなかった。

ロジが少しだけ前進した。彼女は、今は銃を下に向けている。相手が、武器を持っていないことがわかったからだろう。

デスクに座っているのは、白髪の老人だった。ロボットではない。おそらく、ウォーカロンでもないだろう。こんな場所にいるはずがない。

彼は、目は開いていた。瞳《ひとみ》はブラウン。じっと、僕を見据えていた。

生きている。

「こんにちは」僕は、もう一度挨拶をした。「ロベルト・トレンメルさんですね?」

「よく、ここへいらっしゃった」掠れた声で、彼は話した。

彼の声量が足りないので、僕とロジは、さらにデスクに近づいた。

デスクの上には、ボトルシップが置かれている。赤いサイコロはなかった。

「大事なものを持ってきました」僕は言った。ロジが、僕の背中に縛ってあった杖を取ってくれた。その杖を、僕はデスクの上に置いた。

老人は、椅子に座ったまま、身を乗り出すようにして、それを見た。数秒間、それを見据えていた。しかし、最後には顔を上げて、僕に言った。

「どうもありがとう」

「その杖は、何ですか？」僕は尋ねた。

「遠い昔のことで、忘れてしまったが、これは、私の大切なものだった」老人は答える。

「これから、それを思い出すことにします」

「思い出す？　思い出して、どうされるのですか？」

「いえ、どうもしません。ただ、思い出す。これまでの人生は、すべて、それでした。ただ、毎日思い出す。昔のことを思い出す。思い出して、また忘れて、また思い出す。その繰り返しです。ここには、新しいことはない。なにも生まれない。したがって、昔の思い出だけを、何度も、何度も、繰り返し、この……」彼は片手を上げ、自分の頭の横に指を当てた。「この頭から出して、それを手にして眺める、それを嚙《か》み締《し》める、何度も、何度も、同じことを繰り返し、思い出す。そんな毎日でした。それだけを続けてきました。生きることは、思い出すことです。違いますか？」

「新しい思い出を作ることだって、できるのでは？」僕は尋ねた。

「それも、明日になれば、忘れてしまう。だから、覚えていることだけを、思い出すのです。それらは、昔のことです。子供の頃、そして若かった頃のこと」

「いつから、こちらにいらっしゃるのですか？」ロジが尋ねた。

老人は、まず首を傾げた。それから、ロジの方へゆっくりと視線を向けた。

「不思議な声だ」彼は言った。「人間ですか？」

「私ですか？　はい、私は人間です」ロジが答える。

「これは、大変失礼を……」老人は頭を下げた。「そのような高いトーンの声を、聞いたことがなかった。私には、女性の声は聞こえないと、そう思っておりました。どういったご質問だったでしょうか？」

「いつから、ここに……」

「いえ、覚えていない。忘れてしまいました」

「リンダは、ここにいませんか？」ロジがきいた。

「リンダ？　その名前は、私が知っている名前のような気がする……」老人はそこで目を瞑った。「誰だったか……、そう、その名前は、知っている。大切な名前のような気がする。誰だったか……」

「ヴィリ・トレンメル氏が、ここにいらっしゃったことは？」僕はきいた。

「ああ、それは、そうだ……、弟の名です。惜しいことに、若くして、亡くなりました」老人は語った。「あれは、非常に、自由な人間でした。私は、心から彼のことが羨《うらや》ましかった」

「ここで、お一人で暮らしているのですか？」ロジが尋ねる。

「ええ、そうです。私一人しかいませんよ。面倒を見てくれる者はいるようですが、私には見えない。姿のない者たちです。そのおかげで、こうして長く、生きてこられました」

「もう一度、おききしますが、それは、何ですか?」僕は、デスクの上に置かれている杖を指差した。

「え? これは……、そう、大事なものです」老人は答える。「どなたかが、届けてくれたものです。ありがたいことです」

「そうですか……、それは良かったですね」僕は微笑んだ。「なにか、私たちにおっしゃりたいことはありませんか? 私たちは、ヴィリ・トレンメル氏を探しているのですが」

「なにも言うことはない」老人は首を振った。目を瞑り、顔を上げる。「何だろう……、とても、懐かしい響きだね。ここへ何をしに来られたのかな? いや、そうじゃない。申し訳ない、もう休むとしよう。お引き取り願いたい」

彼は、動かなくなった。目を開くこともない。

「わかりました」僕は、彼に一礼した。ロジを見る。

「また、お会いできますか?」ロジがきいた。

老人は、僅かに首を傾げた。声は聞いているようだ。

「また?」小声で呟いた。そこで、彼は口許を緩め、微笑んだ。「もう……、そのような時間はない。そう思います。一生に一度きり、すべてが、この一瞬の中にあろうとしている。懐かしい声だ……。そういう声を、私は聞きたかった。懐かしい、とても、懐かしい……。人間というのは、なんて懐かしいものだろうか。誰が、人間を、このような懐かしいものにしたのだろうか。どうか、教えてもらいたい」

「時間ですか?」僕は答えた。

「時間か……、そうかもしれないね」老人は笑うのをやめた。「いや、そうではない。形だ」

「形?」僕は、呟いた。

老人は目を瞑ったまま。椅子の背にもたれたまま。ほとんど動かなかった。

僕とロジは、黙って彼を見ていた。

老人の目から、涙が零《こぼ》れる。

細かい皺の頰《ほお》を、涙は伝っていく。

ここにも、重力が作用している。

老人の白い顔を、僕はじっと見据えた。

瞬《まばた》きもできなかっただろう。

一瞬だけでも、時間が止まるのでは、と僕は思った。その発想に、背筋が寒くなった。

これが、刹那《せつな》というものか、と。

もう、言葉を忘れてしまった。

僕とロジは、老人を見ながら、ドアまで下がった。

音を立てないように、
寝ている彼を起こさないように、
永遠の時間が、ここに閉じ込められますように、と願いながら。

7

通路に出て、階段へ行く途中で、ドアの一つが気になった。通路を行き過ぎたすぐのところにあるドアだった。ほんの少し、それが開いていたからだ。来るときには、気づかなかったのか。そんなはずはない。そちらを見たはず。岩壁が露《あらわ》になっている行き止まりの手前である。

そこは、客間だ。この建物ではなく、ドイツのオフィーリア荘で、僕とロジが泊まった部屋である。左右が逆になっているので、その規則性からいえば、そうなる。

僕が立ち止まったので、ロジが振り返った。黙って、ドアを指差すと、ロジは小さく頷いた。

部屋の中に弱い明かりが灯っていて、僅かに、それが通路の戸口から漏れていた。ドアのむこう側へ回り、ロジが中を覗き込んだ。僕も、彼女の頭の上から見た。

部屋の中に、誰かいるのがわかった。

こちらを向いて、立っている。

僕はドアを開けた。ロジは、片手に銃を握っていたが、銃口を下に向けていた。ドアが完全に開いて、僕たちの姿を相手も認めた。しばらく無言だった。

軽く頭を下げる。

そこにいたのは、白いドレスを纏った女性。

「どうぞ」彼女は、僕たちに入室を促した。

ロジがさきに入り、僕は、中に入ってドアを閉めた。

二つのベッドがあり、手前のベッドとキャビネットの間に、彼女は立っていた。

「私は、リンダです」彼女は、そう言うとお辞儀をした。「グアトさんとロジさんには、先日、お目にかかりました。夜分に申し訳ありませんでした。少しでもエネルギィを節約するため、私は一日に八時間しか稼働できません。あの時間しか、お会いすることができませんでした」

顔は若い女性だったが、手は樹脂製のようで、ロボットであることがわかった。新しいタイプではないだろう。

「トレンメルさんのお世話をしているのですね?」僕はきいた。

「はい、長くお仕えしております」リンダは答える。

「あの日は、どうして、私たちに会いにきたのですか？」さらに質問をした。

「わかりません。そうするように、と命じられました。私には、思考する、計画する、といった能力は与えられていません」

「誰が、貴女に命じたのですか？」僕は尋ねた。

「もちろん、この館のご主人である、ロベルト・トレンメル様です」

「そのトレンメルさんに会わせてもらえませんか」僕は言った。

ロジが、僕を振り返った。驚いたようだ。

「承知いたしました」リンダは頷き、僕とロジの横を通って、ドアへ歩いた。

通路に出る。僕とロジは、彼女の後を歩く。

通路の端まで来た。

リンダは、ドアをノックする。

「トレンメル様」彼女は、主人の名を呼んだ。

僕たちは、彼女の後ろ、二メートルほどのところで、これを見守っていた。

部屋の中からは、声は聞こえない。

「失礼いたします」リンダはドアを開けた。そして、室内に向かって頭を下げた。

リンダが部屋に入っていったので、僕とロジも、それに続いて入室する。

そこは、さきほどの書斎である。

明るい部屋だ。

デスクへ近づく。

椅子には、老人が目を瞑って座っている。別れたときのままの姿勢だった。

「お客様をお連れいたしました」リンダは言った。

デスクの前でそう言うと、リンダはこちらを向く。

「こちらが、トレンメル様です」リンダは、左手をデスクの方へ伸ばした。

彼女の躰は斜めになる。

彼女が伸ばした左手は、デスクの上にある。

「そのトレンメルさんとは、もうお話をしました」僕は言った。「お疲れのようです。寝ていらっしゃるのですね?」

「ああ、あちらの方は、違います」リンダは言う。「この館の主人、ロベルト・トレンメル様は、こちらです」

彼女の手が、少しだけ奥へ移動した。

その手が示しているものは、デスクの上にのった杖だった。

「ああ、それが……、トレンメルさんだったのですね」僕は言った。「申し訳ない、今まで気づきませんでした」

「グアトさん、ロジさん」男性の声が聞こえた。さきほどの老人とは違い、若々しい歯切れの良い声だった。「こちらへ私を運んでもらったことに感謝いたします。何故、この杖のことにお気づきになりましたか?」

「はい……」僕は頷いた。「運転手のボブを、私が杖で叩いたとき、彼はそれを摑んだのに、何故か力を緩めました。まるで、その杖が大事なもののようでした。もしかして、ボブを操っている本体が、その杖なのではないか、と考えました」

「なるほど、お噂どおりの方ですね」

「私がですか? どんな噂でしょうか?」僕は尋ねた。「あの、もしかして、電子界で私がとても重要な人物になっているのでは? それは間違いです。私は、ただの楽器職人で、まったくの専門外。その誤解のために、これまで、何度か危ない目に遭っているのです。なんとかならないものでしょうか?」

「時間はかかるかもしれませんが、いずれ修正されるはずです。あらゆる評価は、正しい認識、正しい存在、正しい確率に漸近します」

「すいません、よろしいですか?」ロジが、片手を顔の横まで上げた。

「ロジさん、何でしょうか?」

「貴方は、誰なのですか? 私には、何が何なのか、さっぱりわかりません」

「それもまた真実でしょう」杖は答える。「私は、ある意味で人工知能ですし、また別の意味では、百数十年まえに亡くなったロベルト・トレンメルでもあります。何故なら、ロベルトの知識と思考をトレースしたコンピュータからスタートした存在だからです」

「あの、では、そこにいらっしゃる、その方は誰ですか?」ロジは、椅子に座って眠っている老人を指差した。

「彼は、ロベルト・トレンメルのウォーカロンです。ただ、当時はまだ、今のようなウォーカロンが存在しません。当時の表現では、クローンです。私よりも二十五歳若い。つまり、私が二十五歳のときに作られました。それでも、既に百歳を超えています。おそらく世界最年長のウォーカロンではないか、と思われます。新しい細胞を移植するような処置をしておりません。ナチュラルな状態です。私と同じ遺伝子を持つ個体として生まれましたが、育った環境はまったく異なりますので、同じ人間にはなりませんでした。彼は成人後は、ずっとこの館で生きています」

「わかりました。ありがとうございます。あの、もっと質問しても、よろしいですか?」

「どうぞ、ロジさん。情報局に報告しないといけませんからね」杖は言った。おそらく少し笑ったのだろう。「客間に現れたリンダというホログラムは、誰なのか?という疑問ではありませんか?」

「え、はい、そうです。教えて下さい」

「そこにいるリンダという名のロボットは、ほぼ私の管理下にあります。あのホログラムを出したのは、この私です。少々演出が過ぎたかもしれません。不愉快な思いをされたのでしたら、深謝いたします」

「いえ、そんなことはありません。では、あと……」ロジが、言《い》い淀《よど》んだ。

「ヴィリ・トレンメルがどこへ行ったのか、でしょうか?」杖が平坦《へいたん》な口調のまま言った。

「はい、それも知りたい。教えて下さい」ロジが答える。

「残念ながら、私にはわかりません。ヴィリが私を持っていけば、お答えすることができたでしょうけれど、彼は私を置いていきました。それは、悲しいことですが、私たち兄弟の決別であり、彼なりの判断があったものと推察します」

「決別というのは、どういうことですか?」僕は尋ねた。

「ヴィリを私は支えてきました。しかしながら、彼は歳を取って、既に引退の身です。躰は健康ですが、もうこの世に未練はない、と話しておりました。自分の引き際を考えて、あのようなことになったものと想像します。長く、トレンメルの家や会社を支えてきましたが、そのほとんどの采配《さいはい》は、この私が指示したものでした。彼はよく、自分はただの操り人形だと溢していました。それを宥《なだ》め賺《すか》して今まできたのですが、ストレスから逃れることができなかったのでしょう。運転手に自分を撃たせて、自殺を図りましたが、ロジさんの機転で命拾いしたのにもかかわらず、その幸運を、彼は受け入れられなかったのです。私が百数十年まえに演じた逃避行の真似をして、どこかへ姿を晦《くら》ました。私の想像では、残念ですが、もう生きてはいない、ええ、その推測が妥当なところだろうと思います。ヴィリは、私を恨んでいたのではありません。私のことを尊敬していました。良い弟でした。杖を残していったのは、私を道連れにしなかった、ということなのです」

「ここに、ヴィリ・トレンメル氏がいると思っていました」僕は言った。

「そうですね。そう思わせた責任は、私にあります」杖は語った。「そう思わせれば、貴方はロジさんを説得する。ロジさんは日本の情報局を動かす。ジェット機もチャータし、ここへ確かめにくるはずです。それを演算しました。申し訳ありません。しかし、素晴らしい自然の遺産が見られたと思って、どうか、恨まないで下さい」

「いえ、恨んではいません」僕は答える。「ロジも、そうだよね？」

「はい、どのように報告書を書くか、心配はそれだけです」ロジは言った。彼女は正直者である。「あの、私が日本の情報局と関係がある人間だと、どうしてわかったのですか？」

「私を自宅に入れましたね」杖は言った。「ヴィリが持って入ったときは、表に近い部屋で、あそこではわかりませんでした。次の機会、グアトさんが持ち帰ったとき、私は、長時間、貴女の家の中にいました。多くの通信のやり取りを傍受《ぼうじゅ》することができたというわけです」

「そうか……」ロジは、そこで溜息をついた。「そうですね、わかりました」

「ご安心下さい。私が知ったこと、気づいたことは、どこにも漏れていません。今後も、お二人の安全を陰ながら、お守りしたいと考えております」

8

僕とロジは、ロベルト・トレンメルの別荘、否、事実上の自宅を出て、再びポリ・ボートに乗って、湖の中央まで出た。どこが中央なのか、それは上を見ればわかる。上の穴が見える位置が中央ということだ。また、そこには、ワイヤロープが垂れ下がっている。

今度は、僕がさきに上がることになった。そっと立ち上がって、上の昇降機に金具を接続した。ロジは、自分をロープに固定したあと、ボートを畳ませ、それも一緒に引き上げた。

昇降機を作動させると、僕たちは、天の穴の中へ吸い込まれていった。

暖かい空気が、穴の途中から僕たちを出迎えた。

地面に近づいたあとは、ロープを手で摑んで、自分の体重を持ち上げた。これが今までで一番力が必要な作業だった。

地面に足がついたところで、穴の横に座り込んでしまった。

すぐにロジが出てきた。彼女はなんの苦もなく、地上に立った。

ジャングルの中だ。近くに、乗ってきたクルマがあった。

ロジは、穴の中に垂れ下がっていたロープを引き上げた。

「下の人たちを、一緒に連れてくるべきだったかもしれない、と一瞬だけ考えた」僕はロジに打ち明けた。「でも、余計なお世話だろうね」

「その装備は、おそらくあの別荘に用意されていると思います」ロジは素っ気ない。彼女は、周辺を見回した。「ピータは、どこへ行ったんでしょうか?」

「ここにいるよ」上から声がした。

すぐ近くの樹の上に、ピータが座っていた。彼は両手を伸ばし、口を大きく開けて欠伸《あくび》をした。昼寝でもしていた様子である。

ロープを引き上げるのを、僕も途中から手伝った。用具をクルマに仕舞い、今度はピータも後ろの座席に乗せて、走りだした。

途中で、ピータが「停まれ」と叫んだので、クルマが急停車した。

「ごきげんよう」ピータは言った。「楽しかったかい?」

「ああ、ありがとう」僕は答えた。彼は、僕たちが何をしにきたと思っているのだろうか。

ピータは、ジャングルの中へ走り去った。近くに家があるのか。

クルマはまた走り、ジェット機が待っている遺跡に到着した。

「これ、見ていきますか?」ロジがきいた。遺跡のことのようだ。

「いや……、パス」僕は答えた。昔の神様を祀《まつ》ったものだろう。

興味が湧いたら、また来れば良いし、ヴァーチャルで訪れることだって、きっと可能だ。そして、そちらの方がずっと情報量が多い。ガイドもつくし、関連する場所や品々も同時に見せてくれる。リアルの観光地というのは、今やほとんど廃墟となってしまった。保存さえ、ままならない状況らしい。保存とは、ヴァーチャル化することであり、ますますリアルの重要性が薄れる結果になる。

ジェット機は、僕たちを乗せて飛び立った。

「なんか、釈然としない感じがしています」ロジの声がヘルメット経由で聞こえてくる。彼女は僕の後ろにいる。「もしかして、ヴィリ・トレンメルは、自分を抹殺するために、あの幽霊騒動を起こしたのでしょうか?」

「それは、違うような気がする。幽霊騒動は、ロベルトの方じゃないかな。弟に昔を思い出させようとしたんだよ。リアルでは、兄は杖の中にいて、弟は彼の操り人形だった。杖は、トランスファも使って、いろいろ弟に見せたんだ。ついには、浮浪者を二人コントロールした。私の想像だけれど、弟のヴィリは、頭脳に障害を持っている。年齢的なものか、それとも初期の人工細胞にそもそもあった欠陥なのか、とにかく、それが原因でビジネスからも引退した。もともと、ビジネスも兄が仕切っていたし、弟は、悩んでストレスが溜まっていただろう。弟は、兄が杖であることも、忘れがちだった。兄が存在することも、忘れようとしていた。そして、自らも、もう死にたい、消えたいと考えていたんだ。だから、あのような事件になった。いつから計画されたものかは、わからないけれど、あの日の事件は、突発的なものだったように思う。私たちを泊めた日に思い立ったのかもしれない。頭脳が衰弱して、ぼんやりとしているときと、急に活発に思考が進むときが、短い時間で繰り返されるんだ」

「では、私たちが襲われたのは、今回は、グアトへの電子界の攻撃ではなかったのですね？」

「そう、それは、そう考えて、ほぼまちがいないと思う。あのとき、ヴィリは、自分を撃たせて、自分の死体を私たちに見せて、ヴィリ・トレンメルの死を確認させたあと、死体をボブに運ばせ、始末するつもりだった。躰を消し去らなければ、自分の存在を消せないからだ。でも、君がリムジンを運転したことが、予想外だったわけだ」

「そういえば、あとから考えると、私の首を絞めたとき、手加減していたように思いました。彼が本気になって、殺そうとしているのではなかったと」

「驚かせば、クルマから降りてくれる。逃げ出してくれる、と演算したんだ」

「あの杖の中に、人工知能が収まっていたのですか？　だから、ボブがあれを強く握れなかった。壊してはいけないと思ったわけですね？」

「そう……。ただ、すべてがあそこに収まっているわけではない。サイズから考えて、大容量のルータだという可能性が高い。自律系のサブセットと高機能のルータ。それに、周囲にいるトランスファから成り立っているはず。一つのスーパ・コンピュータに常駐していないことは、大いにありえる」

「さっきの、老人のウォーカロンは、何のためにあそこに？」

「それはわからない。自分のボディが欲しかったのか、それとも、息子、あるいは弟として身近に置いておきたかったのか……」

「なんか、あまりにも、時間が沢山流れすぎた、という感じでした」

「そうだね」

僕は、また眠ってしまった。ジェット機の振動は、とても睡眠に適している。このまま死んでしまいたい、と思えるほどだ。

明け方に、自宅に戻った。幸い、ビーヤには見られていない。ほぼ、一晩飛んでいたことになり、朝は爽快《そうかい》だった。

ロジは地下室へ下りていった。報告書を提出するつもりか、それとも会議に出席するのだろう。結局、一番の目的だったヴィリ・トレンメルは発見できなかったが、彼がマリオネットであることは判明したし、トレンメル家の中心が中米の地下に実在していることが明らかになったので、成果としてはほどほどだったのではないか。

僕は、その遺跡について、ちょっと調べてみた。

現地へ行ってきたのだから、多少の興味が湧いただけだ。ジェット機が下りた近くの天文台のことが詳しく書かれていて、かつて栄えた都市の解説があった。また、地下の貯水池についても言及があった。あの土地は、赤道に近く、一年に一度だけ、貯水池に太陽光が一分間だけ差し込む日があるそうだ。そのときには、あの池の底にまで光が届く、と書かれていた。

もしかしたら、そういったツアーが売り出されているかもしれない。もちろん、リアルではなく、ヴァーチャルでだ。

ヴァーチャルで池に潜ったときに、それを見せてほしかったな、と僕は思った。

資料を幾つか眺めているうちに、知った顔を見つけた。ピータだった。僕たちに会ったときと同じ服装、半袖半ズボンで、同じヘルメットを被っている映像だった。その肩書きとして、メキシコ大学教授、専門はマヤ文明の発掘とある。そのプロフィールの短い動画では、「あんたの言っていることはわからん」と指を突きつけてウィンクしていた。それは英語だったが、現地の言葉にすると、あの場所の地名になるそうだ。

ロジに、それを見せたかったのだが、彼女は地下室からちっとも上がってこない。僕は、そのうち眠くなってしまい、ソファで夕方まで寝てしまった。

そして、海に潜る夢を見た。

こんな夢を見るのは初めてだ、と夢の中で思ったのである。

エピローグ

不屈の精神で、再び僕たちはピクニックにチャレンジした。

朝にパンを買って、ホットドッグを作った。そして、同じ場所へ出かけていったのだ。駐車場には、先客が一台だけ。もちろん、コミュータで来る人の方が多いはずだから、これが来園者の数ではない。ただ、見渡すかぎり、人影はなかった。

僕たちは城跡へは上らず、ズザンナの小屋の方へ向かう道を選んだ。といっても、彼女に会うつもりはない。その手前の岩の上で、弁当を食べようと計画した。つまり、先日のリベンジであり、僕もロジも、執念深い性格では一致している、と分析できるだろう。

ただし、それを指摘した人はいない。もしするとしたら、オーロラだろうか、それともセリンだろうか。そのいずれもが、慎み深い人格であるから、おそらく口に出すようなことはないはずだ。

青空には、雲がなかった。

日本では、まず滅多に見られない天候だ。よほど内陸でないと、こうはならないらしい。日本には内陸という場所が、ほとんどない。

「ズザンナは、どうしているだろう？」僕は、岩の上でコーヒーを飲みながら呟いた。

「警察が尾行しているようですが、今はこちらにはいないようです。マルコもそうですが、もうこの近辺での仕事は終わったということではないでしょうか」

「仕事があっただけ、彼らにとっては、良いシーズンだっただろうね」僕は言った。

「わりと、気楽な仕事ですよね」ロジが頷く。

「ヴァーチャルでだったら、浮浪者みたいな生活がしたいな」僕は呟いた。

「え、どうしてですか？」ロジがきいた。

「うーん、なんか、一種の憧《あこが》れのようなものがあるよね」

「私には、ありませんけれど」

「あ、そう？　うーん、誰でも、ああいう気ままな生き方というか、放浪生活がしてみたいな、と思うものだと認識していた。そうでもないのかな？」

「思ったことがありません」ロジは微笑んだ。

この件については、育った環境なのか、それとも時代なのか、そのうち暇なときに考えよう、と思った。

岩の上で食べたホットドッグは、なかなか味わい深いものだった。このようなレジャが、昔から行われているのは、それなりに理由があってのことだろう。人間は、同じことをしても、周囲の環境の変化によって、違った感じ方をするものだ。このことは、リアルとヴァーチャルにおける感覚の基本となるものだろう。

今の技術は、人間の感覚のほとんどを仮想体験させることを実現した。したがって、既にリアルでしか得られない価値はない。それなのに、まだリアルに自分が存在するという意識を捨てられない人が多いはず。

僕が、そうだ。どうして自分はそう感じるのか、という点が、よくわからない。ヴァーチャルで、フルスペックの感覚を再現するには、多少の出費が必要である。そして、それをすれば、もうあちらへシフトしたも同然となる、と頭では理解している。それが踏み切れないのは、何故なのだろう？

肉体の中に人工的なものを取り込むことよりも、自分の頭の中をヴァーチャルへシフトさせる方が抵抗がない、との価値観が少しずつ社会に広がりつつあるようだ。おそらく、人工細胞による生殖障害で、人類がかつてない大きなショックを受けたからだろう。したがって、トレンメル家が推進する事業は、たしかに有望だ。未来がそこにある、と頭では理解できる。

頭で理解できるものが、何故吹っ切れないのか。肉体が思考するわけではない。肉体は、末端のセンサを有しているだけで、それはヴァーチャルでも精確に再現可能である。それなのに、どうして？

生まれ変わったら、という言葉がある。生まれ変わったら、ヴァーチャルでも良い、と僕は素直に思う。では、何故、もう生まれ変われないと感じるのか？

やはり、肉体というウェイトを背負っていて、そのウェイトによる安定感を、無意識に絶対座標のように信じているためだろう。

とにかく、しばらく、考えたいテーマではある。

そのあと、ズザンナがいた小屋も訪ねてみた。ドアは手前に倒れていて、見るからに無人の雰囲気だった。ロジが中を覗いた。

「この小屋が、ヴァーチャルにもあるでしょうか？」外に出て、ロジが呟いた。

たぶん、ないだろう。

ヴァーチャルのデータは、誰かが入力したものだ。最初にその意思がある。機械に任せたとしても、その機械に命じる者の価値観が影響するだろう。そして、あらゆるデータは、なんらかのフィルタを通った、いわばクリーンなものになる。自然であっても、有害なものはヴァーチャルには取り入れられない。雑音を除去するような操作が加わるからだ。

ロジが言っているのは、そのことだろう。誰がいつ作ったのかわからないが、朽ち果てた汚い小屋が、リアルには世界中の方々で無数に存在するのだ。そこでは雑菌が湧き、害虫が繁殖し、人間の健康を害するような植物や動物が生きている。それらは、リアルからヴァーチャルへのフィルタに引っかかる。ヴァーチャルは、あくまでもクリーンでなければならない。汚れたものや腐ったものも、意味がなければ再現されない。

そう、意味というのは、人間にとっての価値のことなのだ。

僕たちは、駐車場へ歩き、ロジのクルマに乗った。まだ、日は高い。帰ってから、何をするのだっけ、と考えた。木材に塗料を塗ったところだった。それが乾燥したら、サンディング作業が待っている。マスクをかけて行う労力のいる工程だ。

マスクも、そう、フィルタである。

人間は、クリーンなものが好きで、クリーンな環境に憧れている。ストレスのない自由にも憧れている。

それは、リアルが、けっしてクリーンではないからだ。

では、ヴァーチャルでは、人は何に憧れるのだろう？

＊

ヴィリ・トレンメルは行方不明のままである。見つかっていない。ただ、それはニュースとして一般に報道されていなかった。もう業界を引退した人物だからだろうか。

ロジによれば、トレンメルの中米の別荘に関して、情報局からの続報はないそうだ。高齢のウォーカロンであるロベルトの健康状態が心配であるけれど、それもまた、ニュースにはならないことだろう。リンダというロボットが、適切な介護をしているはずである。

ブラウアとは、一度ランチをともにした。三人で、安価なレストランで一時間ほど過ごした。警察は、トレンメルの別荘の捜査を打ち切ったという。ヴィリ・トレンメルが行方不明になったこと、そして建物の所有権が、グループ会社に移ったこと、などの理由によるものらしいが、既に、目的を見失っている、と彼は語った。

たしかに、そのとおりだ。

事件の主犯も、また被害者も同一人物なのだ。これについては、僕はブラウアに、一つの仮説として、抽象的に話しはした。だが、彼は信じたくないようだった。僕も、確固たる証拠を持っているわけでもないので、強く主張するつもりはない。

向いのイエオリと、また少し話をする機会があった。ビーヤが、イエオリが話したがっている、と言ったからだ。

しかし、会ってみると、特に話がしたいわけではない、と彼は言った。ビーヤが気を回しすぎただけのことだったようだ。

幽霊騒ぎは、ひとまず落ち着くだろう、と僕は考えていたし、そもそも、それほど大きな話題になっていたわけでもない。あの公園へ行く人間が少ないからだ。

僕とイエオリは、まえのときと同じように、散歩をしながら情報交換をした。そもそも、ビーヤやイェオリと話をしたことが、近くを飛んでいた鳥にキャッチされ、その内容が、トランスファに伝わったのだろう。

この近辺で、そういった網を張って、リンダとロベルトの幽霊の話を誰かがしていないか、と検索している知性が存在した。それが、僕とロジがあそこへ行ったときに、ズザンナとマルコがタイミング良く登場した理由である。この憶測は、僕がしたものだが、ロジも賛成してくれた。

そう考えた方が、少し気持ちが落ち着くからだ。

そうでなければ、僕たちが日本の情報局と関係があることを、トレンメルが知っていたことになる。実は、その可能性も低くはない。ただ、あまり考えないことにしよう、とロジとは手を打った。

「だから、外で変な話をしないで下さい」ロジは僕に言った。

「変な話ではないけれど、うん、まあ、そうだね。気をつけた方が良いというのは、理解した。ほとぼりが冷めるまで、散歩をしないようにしようかな」

「ええ、私のクルマに乗った方が、ずっとセキュリティが高いと思います。エンジン音がシールドの役目を果たします」

「そのために、喧《やかま》しいクルマに乗っているわけ?」僕はきいた。

「喧しくはありません。失礼ですね」ロジは微笑んだ。

喧しいことは、物理的な状況ではないだろうか。喧しさが好きか、嫌いかは、人間の自由であるけれど……。

森博嗣著作リスト

（二〇二〇年六月現在、講談社刊）

◎S&Mシリーズ

すべてがFになる／冷たい密室と博士たち／笑わない数学者／詩的私的ジャック／封印再度／幻惑の死と使途／夏のレプリカ／今はもうない／数奇にして模型／有限と微小のパン

◎Vシリーズ

黒猫の三角／人形式モナリザ／月は幽咽のデバイス／夢・出逢い・魔性／魔剣天翔／恋恋蓮歩の演習／六人の超音波科学者／捩れ屋敷の利鈍／朽ちる散る落ちる／赤緑黒白

◎四季シリーズ

四季　春／四季　夏／四季　秋／四季　冬

◎Gシリーズ

φ《ファイ》は壊れたね／θ《シータ》は遊んでくれたよ／τ《タウ》になるまで待って／ε《イプシロン》に誓って／λ《ラムダ》に歯がない

／η《イータ》なのに夢のよう／目薬α《アルファ》で殺菌します／ジグβ《ベータ》は神ですか／キウイγ《ガンマ》は時計仕掛け／χ《カイ》の悲劇／ψ《プサイ》の悲劇

◎Xシリーズ
イナイ×イナイ／キラレ×キラレ／タカイ×タカイ／ムカシ×ムカシ／サイタ×サイタ／ダマシ×ダマシ

◎百年シリーズ
女王の百年密室／迷宮百年の睡魔／赤目姫の潮解

◎Wシリーズ
彼女は一人で歩くのか？／魔法の色を知っているか？／風は青海を渡るのか？／デボラ、眠っているのか？／私たちは生きているのか？／青白く輝く月を見たか？／ペガサスの解は虚栄か？／血か、死か、無か？／天空の矢はどこへ？／人間のように泣いたのか？

◎WWシリーズ
それでもデミアンは一人なのか？／神はいつ問われるのか？／キャサリンはどのように子供を産んだのか？／幽霊を創出したのは誰か？（本書）

◎短編集
まどろみ消去／地球儀のスライス／今夜はパラシュート博物館へ／虚空の逆マトリクス／レタス・フライ／僕は秋子に借りがある　森博嗣自選短編集／どちらかが魔女　森博嗣シリーズ短編集

◎シリーズ外の小説
そして二人だけになった／探偵伯爵と僕／奥様はネットワーカ／カクレカラクリ／ゾラ・一撃・さようなら／銀河不動産の超越／喜嶋先生の静かな世界／トーマの心臓／実験的経験

◎クリームシリーズ（エッセイ）
つぶやきのクリーム／つぼやきのテリーヌ／つぼねのカトリーヌ／ツンドラモンスーン／つぼみ茸ムース／つぶさにミルフィーユ／月夜のサラサーテ／つんつんブラザーズ

◎その他

森博嗣のミステリィ工作室／１００人の森博嗣／アイソパラメトリック／悪戯王子と猫の物語（ささきすばる氏との共著）／悠悠おもちゃライフ／人間は考えるＦになる（土屋賢二氏との共著）／君の夢　僕の思考／議論の余地しかない／的を射る言葉／森博嗣の半熟セミナ　博士、質問があります！／庭園鉄道趣味　鉄道に乗れる庭／庭煙鉄道趣味　庭蒸気が走る毎日／ＤＯＧ＆ＤＯＬＬ／ＴＲＵＣＫ＆ＴＲＯＬＬ／森籠もりの日々／森には森の風が吹く／森遊びの日々／森語りの日々／森心地の日々

☆詳しくは、ホームページ「森博嗣の浮遊工作室」
(http://www001.upp.so-net.ne.jp/mori/) を参照

冒頭および作中各章の引用文は『ザ・ロード』（コーマック・マッカーシー著、黒原敏行訳、ハヤカワepi文庫）によりました。

〈著者紹介〉

森 博嗣（もり・ひろし）

工学博士。1996年、『すべてがＦになる』（講談社文庫）で第１回メフィスト賞を受賞しデビュー。怜悧で知的な作風で人気を博する。「Ｓ＆Ｍシリーズ」「Ｖシリーズ」（共に講談社文庫）などのミステリィのほか『スカイ・クロラ』（中公文庫）などのＳＦ作品、エッセィ、新書も多数刊行。

幽《ゆう》霊《れい》を創《そう》出《しゅつ》したのは誰《だれ》か？

Who Created the Ghost?

2020年6月20日　第1刷発行　定価はカバーに表示してあります

著者……………………………森《もり》 博《ひろ》嗣《し》

発行者…………………………渡瀬昌彦
発行所…………………………株式会社 講談社
〒112-8001 東京都文京区音羽2-12-21
編集03-5395-3506
販売03-5395-5817
業務03-5395-3615

本文データ制作………………講談社デジタル製作
印刷……………………………凸版印刷株式会社
製本……………………………株式会社国宝社
カバー印刷……………………株式会社新藤慶昌堂
装丁フォーマット…………ムシカゴグラフィクス
本文フォーマット…………next door design

ISBN978-4-06-519483-6　N.D.C.913　292p　15cm

講談社タイガ

Wシリーズ

森 博嗣

魔法の色を知っているか？

What Color is the Magic?

イラスト
引地 渉

チベット、ナクチュ。外界から隔離された特別居住区。ハギリは「人工生体技術に関するシンポジウム」に出席するため、警護のウグイとアネバネと共にチベットを訪れ、その地では今も人間の子供が生まれていることを知る。生殖による人口増加が、限りなくゼロになった今、何故彼らは人を産むことができるのか？

圧倒的な未来ヴィジョンに高揚する、知性が紡ぐ生命の物語。

講談社タイガ

Wシリーズ

森 博嗣

風は青海を渡るのか？

The Wind Across Qinghai Lake?

イラスト
引地 渉

聖地。チベット・ナクチュ特区にある神殿の地下、長い眠りについていた試料《スペサミン》の収められた遺跡は、まさに人類の聖地だった。ハギリはヴォッシュらと、調査のためその峻厳《しゅんげん》な地を再訪する。

ウォーカロン・メーカＨＩＸの研究員に招かれた帰り、トラブルに足止めされたハギリは、聖地以外の遺跡の存在を知らされる。小さな気づきがもたらす未来。知性が掬《すく》い上げる奇跡の物語。

講談社
タイガ

Wシリーズ

森 博嗣

私たちは生きているのか？

Are We Under the Biofeedback?

イラスト
引地 渉

富の谷。「行ったが最後、誰も戻ってこない」と言われ、警察も立ち入らない閉ざされた場所。そこにフランスの博覧会から脱走したウォーカロンたちが潜《ひそ》んでいるという情報を得たハギリは、ウグイ、アネバネと共にアフリカ南端にあるその地を訪問した。

富の谷にある巨大な岩を穿《うが》って造られた地下都市で、ハギリらは新しい生のあり方を体験する。知性が提示する実存の物語。

講談社
タイガ

Wシリーズ

森 博嗣

青白く輝く月を見たか？

Did the Moon Shed a Pale Light?

イラスト
引地 渉

オーロラ。北極基地に設置され、基地の閉鎖後、忘れさられたスーパ・コンピュータ。彼女は海底五千メートルで稼働し続けた。データを集積し、思考を重ね、そしていまジレンマに陥っていた。

放置しておけば暴走の可能性もあるとして、オーロラの停止を依頼されるハギリだが、オーロラとは接触することも出来ない。

孤独な人工知能が描く夢とは。知性が涵養《かんよう》する萌芽《ほうが》の物語。

講談社
タイガ

Wシリーズ

森 博嗣

天空の矢はどこへ？

Where is the Sky Arrow?

イラスト
引地 渉

カイロ発ホノルル行き。エア・アフリカンの旅客機が、乗員乗客200名を乗せたまま消息を絶った。乗客には、日本唯一のウォーカロン・メーカ、イシカワの社長ほか関係者が多数含まれていた。

時を同じくして、九州のアソにあるイシカワの開発施設が、武力集団に占拠された。膠着《こうちゃく》した事態を打開するため、情報局はウグイ、ハギリらを派遣する。知性が追懐する忘却と回帰の物語。

講談社タイガ

Wシリーズ

森 博嗣

人間のように泣いたのか？

Did She Cry Humanly?

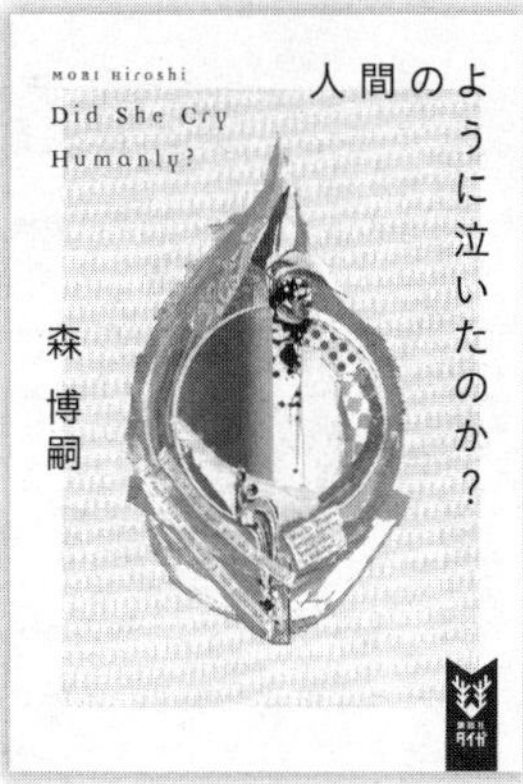

イラスト
引地 渉

生殖に関する新しい医療技術。キョートで行われる国際会議の席上、ウォーカロン・メーカの連合組織WHITEは、人口増加に資する研究成果を発表しようとしていた。実用化されれば、多くの利権がWHITEにもたらされる。実行委員であるハギリは、発表を阻止するために武力介入が行われるという情報を得るのだが。

すべての生命への慈愛に満ちた予言。知性が導く受容の物語。